川田順造 © 1957

Anthony Thwaite
アントニー・スウェイト対訳詩選集

山内久明／山内玲子 訳

松柏社

目次

▶ 『全詩集』(2007) から
1　ネズミの死　　8-11
2　クーパー氏　　10-15
3　蠅　　14-19
4　生まれ出るとき　　18-21
5　病気の子　　22-25
6　白い雪　　24-27
7　教え　　26-29
8　王家の谷でのモノローグ　　28-33
9　内なる虫　　34-37
10　焚火　　36-39
11　発掘　　38-41
12　結婚の残骸　　42-43
13　シンプルな詩　　44-45
14　日本の蟬　　44-47
15　ショック　　46-47
16　大道芸──酉の市で　　48-51
17　ヒロシマ──1985年8月　　52-53
18　漱石（ロンドン　1901年12月）　　54-65
19　想像上の町　　64-69
20　踊る狐　　68-69
21　増えつづける　　70-73
22　シグマ　　72-73
23　アブラムシ物語　　74-79
24　つかず離れず　　78-81
25　陶工　　80-83
26　慰安休暇　　82-85
27　1939年9月3日、ボーンマス　　86-87
28　疎開、1940年　　86-89
29　成長、1944年　　88-89
30　ヘビ（ヴァージニア、1940年）　　90-93

31　ネクタイをとり換える　　92-95
32　いつも見ている　　94-95
33　お行儀よくする　　96-97
34　詩の技法――二つの教訓　　98-101
35　2003年の夏　　100-103
36　すき間　　102-103

▶『退出』(2015)から
37　退出　　104-105
38　リポン――1918年4月　　106-107
39　言葉　　108-109
40　歴史の教訓　　108-111
41　受胎告知　　112-113
42　リビア　　114-115
43　待ちぼうけ　　116-117
44　私は信ずる　　118-121
45　未完の死後出版の詩への序詩　　120-123
46　ピーター・ポーターに寄せて　　124-127
47　即位25周年記念の詩　　126-135
48　際限のない問い　　134-137
49　フェルナンド・ロボ　　136-137
50　その一行　　138-139

訳者解説・注　　140-165
アントニー・スウェイト書誌　　166-169
アントニー・スウェイト年譜　　170-172
訳者あとがき――アントニー・スウェイト点描　　173-190

Contents

▶From the *Collected Poems* (2007)

[from *Home Truths* (1957)]
1   Death of a Rat   8-11

[from *The Owl in the Tree* (1963)]
2   Mr Cooper   10-15
3   The Fly   14-19
4   At Birth   18-21
5   Sick Child   22-25
6   White Snow   24-27

[from *The Stones of Emptiness* (1967)]
7   Lesson   26-29

[from *Inscriptions* (1973)]
8   Monologue in the Valley of the Kings   28-33
9   Worm Within   34-37
10   The Bonfire   36-39

[from *A Portion for Foxes* (1977)]
11   Rescue Dig   38-41
12   Marriages   42-43
13   Simple Poem   44-45

[from *Letter from Tokyo* (1987)]
Part I
14   Cicadas in Japan   44-47
15   Shock   46-47
16   Sideshows at the Tori-no-Ichi   48-51
17   Hiroshima: August 1985   52-53

Part II: 'Voices through Clouds'
18 Soseki (London: December 1901)   54-65

Part III
19 Imagine a City   64-69
20 The Dancing Foxes   68-69

[from *Poems 1986-88*]
21 Multiplied   70-73
22 Sigma   72-73

[from *The Dust of the World* (1994)]
23 Cockroach Story   74-79
24 Together, Apart   78-81
25 Potter   80-83
26 Recreational Leave   82-85
27 September 3rd 1939: Bournemouth   86-87
28 Evacuation: 1940   86-89
29 Maturity: 1944   88-89
30 Snakes (Virginia, 1940)   90-93

[from *Selected Poems 1956-1996* (1997)]
31 Changing Ties   92-95

[from *A Move in the Weather* (2003)]
32 Watching   94-95
33 How to Behave   96-97
34 The Art of Poetry: Two Lessons   98-101
35 Summer of 2003   100-103

[*New Poems*]
36 The Space Between   102-103

▶ From *Going Out* (2015)
37 Going Out   104-105
38 Ripon: April 1918   106-107
39 Tongues   108-109
40 History Lesson   108-111

41 Annunciation   112-113
42 Libya   114-115
43 Waiting In   116-117
44 Credo   118-121
45 Prologue to an Unfinished Posthumous Poem   120-123
46 For Peter Porter   124-127
47 Jubilee Lines   126-135
48 Questions   134-137
49 Fernando Lobo   136-137
50 The Line   138-139

ミル・ハウス
Photograph by Ann Thwaite © 2018

1 *Death of a Rat*

Nothing the critic said of tragedy,
Groomed for the stage and mastered into art,
Was relevant to this; yet I could see
Pity and terror mixed in equal part.
Dramatically, a farce right from the start,
Armed with a stick, a hairbrush and a broom,
Two frightened maladroits shut in one room.

Convenient symbol for a modern hell,
The long lean devil and the short squat man
No doubt in this were psychological,
Parable for the times, Hyperion
And Satyr, opposites in union…
Or Lawrence's *Snake*, to turn the picture round –
Man's pettiness by petty instinct bound.

But, to be honest, it was neither, and
That ninety minutes skirring in a duel
Was nothing if not honest. The demand
Moved him towards death, and me to play the fool,
Yet each in earnest. I went back to school
To con the hero's part, who, clung with sweat,
Learned where the hero, fool and coward met.

1　ネズミの死

舞台のために練り上げ、芸術の域に達した、
悲劇について批評家が述べたことは、何一つ
この場合には当てはまらない、それでも私には見てとれた、
憐憫と恐怖が等しく入りまじる感情であったことが。
芝居として見れば、出だしから茶番劇だった、
棒と、ヘアブラシと、箒で武装して、
おびえた一組のブキッチョが一つ部屋に閉じ込められた状況。

お誂えだ、現代の地獄の象徴として、
ひょろ長い悪魔と、背の低いずんぐりとした男は、
この場合はまちがいなく心の状態を表し、
時代の寓喩なのだ、ヒューペリオンと
サテュロス、敵対しつつ一体となる……
また、言い換えると、ロレンスの「蛇」になる――
卑しい本能に縛られた人間の卑しさ。

だが、正直なところ、そのどちらでもなかった、そして
その90分間、格闘でバタバタ飛び回ったのは
まさに真剣勝負だった。
ネズミは死を迫られ、私の役回りは道化、
しかしどちらも必死だった。私は初心に立ち返り
英雄の役を学び、汗まみれで、
英雄と、道化と、臆病者を一身に演じていた。

Curtain to bed and bed to corner, he
Nosed at each barrier, chattered, crouched, and then
Eluded me, till art and fear and pity
Offered him to me at the moment when
I broke his back, and smashed again, again,
Primitive, yes, exultant, yes, and knowing
His eyes were bright with some instinctive thing.

If every violent death is tragedy
And the wild animal is tragic most
When man adopts death's ingenuity,
Then this was tragic. But what each had lost
Was less and more than this, which was the ghost
Of some primeval joke, now in bad taste,
Which saw no less than war, no more than waste.

2 *Mr Cooper*

Two nights in Manchester: nothing much to do,
One of them I spent partly in a pub,
Alone, quiet, listening to people who
Didn't know me. *So I told the bloody sub-*
Manager what he could do with it....Mr Payne
Covers this district – you'll have met before?
Caught short, I looked for the necessary door
And moved towards it; could hear, outside, the rain.

カーテンからベッドへ、ベッドから部屋の隅へ、ネズミは
あらゆる障碍物を嗅ぎまわり、チュウチュウと鳴き、うずくまり、そして
私をすり抜けたが、ついに技と恐怖と憐憫とがないまぜとなるなかで
私の手中に落ちたその瞬間、この時とばかり
私はその背中を打ち砕き、これでもかこれでもかと打ちのめした、
いかにも野蛮で、いかにも勝ち誇って、そして気づいたのだが、
最期と悟ったのかネズミの目は光っていた。

すべての暴力による死が悲劇であり
野生動物にとっての悲劇の極みは
ヒトが巧妙な殺しを行なう場合であるとするなら、
これはたしかに悲劇的だった。しかし双方が失ったものは
それ以下でもそれ以上でもあった。この悲劇的事件は
悪趣味な、昔からある馬鹿げた話の名残りだが、
戦いだけでは済まされず、あとには荒廃のみが残った。

2　クーパー氏

マンチェスターで二泊、たいしてすることもなく、
一晩は少しの間パブで過ごす、
ひとり、ひっそりと、人の会話に聞き入る、
見ず知らずの人たちだ。「言ってやったさ、あの嫌な
主任代理にどうすりゃいいか。……あのペインて奴でさ、
この地区の担当だよ——前に会ったことあるんじゃないか。」
急にもよおして、行き先のドアを探し
そちらに向かう。外では、雨の音が聞こえる。

The usual place, with every surface smooth
To stop, I suppose, the aspirations of
The man with pencil stub and dreams of YOUTH
AGED 17. And then I saw, above
The stall, a card, a local jeweller's card
Engraved with name, JEWELLER AND WATCHMENDER
FOR FIFTY YEARS, address, telephone number.
I heard the thin rain falling in the yard.

The card was on a sort of shelf, just close
Enough to let me read this on the front.
Not, I'd have said, the sort of words to engross
Even the keenest reader, nothing to affront
The public decency of Manchester.
And yet I turned it over. On the back
Were just three words in rather smudgy black
Soft pencil: MR COOPER – DEAD. The year

Grew weakly green outside, in blackened trees,
Wet grass by statues. It was ten to ten
In March in Manchester. Now, ill at ease
And made unsure of sense and judgement when
Three words could throw me, I walked back into
The bar, where nothing much had happened since
I'd left. A man was trying to convince
Another man that somehow someone knew

お決まりの場所は、ツルツルのタイル張り、
おそらく、誰かが「17歳の若者」のように
チビた鉛筆で落書きしたくなるのを防ぐためだろう。
ふと、目に留まるのは、仕切りの上の方に
置かれた一枚の名刺、地元の貴金属商のもので、
名前と「貴金属・時計修理、
創業50年」の文字、それに住所、電話番号。
中庭では、小雨の降る音が聞こえる。

名刺は棚のようなところに置かれ、ちょうど
表側が読めるくらい近くにある。
その名刺の言葉にたとえ好奇心旺盛な人でさえ
興味を惹かれるとは思えない、
マンチェスターの品位を汚すわけでもない。
だが私は裏返してみた。裏には
滲んだような黒の柔らかい鉛筆書きで
ただ三語――「クーパー氏は死んだ」。この季節、

戸外はかすかに緑に色づく、黒ずんだ樹々も、
立像のまわりの濡れた草も。10時10分前、
三月のマンチェスター。わずか三語で動顛するとは、
落ち着かぬ気分で
分別も判断もおぼつかなく、戻ってみると
酒場では、私が出たあと何ごとも変わってはいない。
一人の男が自説を振りかざしている、
相手に向かって、誰かがどういうわけか知っていたんだ、

Something that someone else had somehow done.
Two women sat and drank the lagers they
Were drinking when I'd gone. If anyone
Knew I was there, or had been, or might stay,
They didn't show it. *Good night*, I almost said,
Went out to find the rain had stopped, walked back
To my hotel, and felt the night, tall, black,
Above tall roofs. And Mr Cooper dead.

3 *The Fly*

The fly's sick whining buzz
Appals me as I sit
Alone and quietly,
Reading and hearing it
Banging against the pane,
Bruised, falling, then again
Starting his lariat tour
Round and round my head
Ceiling to wall to floor.

誰か他の奴がどういうわけかしでかした何かのことを。
女が二人座って、ラガー・ビールを飲んでいる、
私が立って行ったときのままだ。誰かがたとえ、
私がいることを、いやさっきいたことを、このあといるかもしれないことを、
知っていても誰も素振りには見せない。「おやすみ」と言いかけて、
外に出ると、雨は止んでいた。ホテルに歩いて戻る
道すがら、夜空は高く、黒く、
高い屋根の上に広がる。クーパー氏は死んだのだ。

3　蠅

ブーンと響く蠅の不快な羽音が
がまんならない、
独り静かに座って、
本を読みつつも耳につく、
蠅は窓ガラスにぶつかり、
傷つき、落ちると思うと、再び
ゆっくりと旋回しはじめ
クルリクルリと頭の回りを
天井から壁へ、壁から床へと飛び回る。

But I equip myself
To send him on his way,
Newspaper clutched in hand
Vigilant, since he may
Settle, shut off his shriek
And lie there mild and weak
Who thirty seconds ago
Drove air and ears mad
With shunting to and fro.

And I shall not pretend
To any well of pity
Flowing at such a death.
The blow is quick. Maybe
The Hindu's moved to tears
But not a hundred years
Of brooding could convince
My reason that this fly
Has rights which might prevent
My choosing that he die.

And yet I know the weight
Of small deaths weighs me down,
That life (whatever that is)
Is holy: that I drown
In air which stinks of death
And that each unthought breath

だがこちらも準備する、
始末をつけてやるために、
手に新聞紙を握りしめ
虎視眈々と待つ、ひょっとして蠅は
静止し、鳴りをひそめ
力なくおとなしくなるかもしれない、
ほんの30秒前には
空気と耳を狂ったようにかき乱し
右に左に飛び回っていたのだが。

ふりをするのはやめよう、
憐憫の泉を
蠅一匹の死で溢れさせたりはしない。
ただの素早い一撃だ。おそらく
ヒンズー教徒なら涙を流すかもしれぬが、
百年にわたって
瞑想し続けても
私の理性は受け入れまい、この蠅に
私がこいつを殺すのを阻止する
権利があると。

それでいて私には分かるのだ、
小さな死の重みが私の心に重くのしかかること、
生命とは（いかなる生命であれ）
神聖であること、私は息が詰まってしまうこと、
死の臭いがする空気の中では。
そして無意識の一息が

Takes life from some brief life,
And every step treads under
Some fragments still alive.
The fly screams to the thunder.

Death troubles me more rarely
Than when, at seventeen,
I looked at Chatterton
And thought what it might mean.
I know my children sleep
Sound in the peace they keep.
And then, suddenly calm,
The fly rests on the wall
Where he lies still, and I
Strike once. And that is all.

4 *At Birth*

Come from a distant country,
Bundle of flesh, of blood,
Demanding painful entry,
Expecting little good:
There is no going back
Among those thickets where
Both night and day are black
And blood's the same as air.

はかない生きものの生命を奪い、
そして一歩がまだ生きている小さいものを
踏みつぶすことを。
蠅の悲鳴は雷鳴のように響く。

死が私の心をかき乱すことはめったにない、
だが17歳のときのこと、
死んだチャータートンの絵を見て
死とは何かと考えた。
子どもたちは眠っている、
すやすやと安らかに。
その時、突然おとなしくなった
蠅が壁に止まって
じっとしている、私はすかさず
ぴしゃりと打つ。ただそれだけのことだ。

4　生まれ出るとき

遠い国からやってきた、
肉と血の塊、
こちらへやってくるには痛みを伴い、
たいした期待もなく来るのだ。
元には戻れない、
通ってきた茂みは
夜も昼も暗く
血も空気とかわりない。

Strangely you come to meet us,
Stained, mottled, as if dead:
You bridge the dark hiatus
Through which your body slid
Across a span of muscle,
A breadth my hand can span.
The gorged and brimming vessel
Flows over, and is man.

Dear daughter, as I watched you
Come crumpled from the womb,
And sweating hands had fetched you
Into this world, the room
Opened before your coming
Like water struck from rocks
And echoed with your crying
Your living paradox.

不思議なことに、おまえは私たちに会いに来る、
汚れ、血にまみれて、死んでいるかのようにして。
おまえが渡ってくる暗い割れ目、
そこをおまえの体は滑り出てきたのだ
そこの筋肉の連なりは
私の広げた手ほどの幅だ。
深くえぐれた噴きこぼれる器が
溢れ出て、人の生命となる。

愛しい娘よ、私は見ていた、おまえが
くしゃくしゃに丸まって母胎から出てくるのを、
汗ばむ手がおまえをこの世の中に
取り出すのを、するとこの部屋は
岩を打つと水がほとばしるように
おまえを迎えるために開かれ
そしておまえという生ける逆説を主張して
おまえの産声が響いたのだ。

5 *Sick Child*

Lit by the small night-light you lie
And look through swollen eyes at me:
Vulnerable, sleepless, try
To stare through a blank misery,
And now that boisterous creature I
Have known so often shrinks to this
Wan ghost unsweetened by a kiss.

Shaken with retching, bewildered by
The virus curdling milk and food,
You do not scream in fear, or cry.
Tears are another thing, a mood
Given an image, infancy
Making permitted show of force,
Boredom, or sudden pain. The source

Of this still vacancy's elsewhere.
Like my sick dog, ten years ago,
Who skulked away to some far lair
With poison in her blood: you know
Her gentleness, her clouded stare,
Pluck blankets as she scratched the ground.
She made, and you now make, no sound.

5　病気の子

小さな常夜灯の明かりのもとでおまえは横たわり
腫れぼったい目で私を見つめる。
弱々しく、一睡もできないまま、おまえは、必死に
朦朧として苦しそうに、私を見つめる、
いつもはあんなに元気いっぱいの子が
こんなに青白くやつれはて
生気がなくなり、キスしてもにこりともしない。

吐き気で体を震わせ、ミルクと食べ物を凝固させる
ウイルスに悩まされながらも、
恐がって叫んだり、泣いたりしない。
涙は別だ、心の状態が
形になったもの、幼な子が
可能な限り表そうとする力、
倦怠、あるいは突然の痛みなのだ。この

おし黙りぐったりとした状態の原型は他にある。
そっくりだ、病気だった飼い犬が、十年前のこと、
どこか遠いねぐらへ姿を消した、
血に毒が回っていたのだ。おまえには犬の気持ちがわかるのだ、
犬もおとなしくして、どんよりとした眼差しで見つめていた、
犬が地面を引っ掻いたようにおまえは毛布を引きはがす。
犬は声を上げなかった、今のおまえと同じように。

The rank smell shrouds you like a sheet.
Tomorrow we must let crisp air
Blow through the room and make it sweet,
Making all new. I touch your hair,
Damp where the forehead sweats, and meet —
Here by the door, as I leave you —
A cold, quiet wind, chilling me through.

6   *White Snow*

'White snow,' my daughter says, and sees
For the first time the lawn, the trees,
Loaded with this superfluous stuff.
Two words suffice to make facts sure
To her, whose mental furniture
Needs only words to say enough.

Perhaps by next year she'll forget
What she today saw delicate
On every blade of grass and stone;
Yet will she recognize those two
Syllables, and see them through
Eyes which remain when snow has gone?

鼻をつく臭いがシーツのようにおまえをおおっている。
明日になったらきれいな空気を
部屋に入れ、さっぱりさせよう、
何もかも新しくしよう。おまえの髪に触れると、
額の汗で湿っている、そして——
おまえを残してドアから出ると——
冷たい、穏やかな風に触れて、身体が芯まで冷えていく。

6　白い雪

「シロイユキ」、と幼い娘は言い、初めて
目にする、芝生にも、樹木にも、
前にはなかったものが積もっているのを。
二語だけでこのことをわからせるのに十分だ。
娘の心の仕組みには事実を
不足なく表す言葉があれば足りる。

来年までには忘れてしまうだろう
きょう見た、いかにも繊細に
草の一葉一葉と石の上に積もったものを。
それでもなお娘はあの二音節が
わかるだろうか、そして目に浮かぶだろうか、
融けても消えぬ雪のイメージが。

Season by season, she will learn
The names when seeds sprout, leaves turn,
And every change is commonplace.
She will bear snowfalls in the mind,
Know wretchedness of rain and wind,
With the same eyes in a different face.

My wish for her, who held by me
Looks out now on this mystery
Which she has solved with words of mine,
Is that she may learn to know
That in her words for the white snow
Change and permanence combine –
The snow melted, the trees green,
Sure words for hurts not suffered yet, nor seen.

7 *Lesson*

In the big stockyards, where pigs, cows, and sheep
Stumble towards the steady punch that beats
All sense out of a body with one blow,
Certain old beasts are trained to lead the rest
And where they go the young ones meekly go.

季節の変わるごとに、娘は学ぶだろう、
種が芽吹き、木の葉が色づく折々の呼び名を、
それらの変化を当たり前のこととして。
娘は雪が降るのを心に留め、
雨や風の惨めさを知るだろう、
顔の表情は違っても同じ目で。

私の願いは、私に抱かれて
今こうして自然の神秘を見て
その神秘を私の言葉で解き明かした
娘が分かるようになって欲しいのだ、
白い雪という言葉の中で
変化と永遠とが融合するということを――
雪は融け、木々は緑、
未だ見ず未だ知らざる心の傷を表す確かな言葉。

7　教え

巨大な家畜の収容所、そこで豚、牝牛、羊が
トボトボと向かう先に待つのは、ただの一打ちで
すべての感覚を身体から奪い取る、狂いのない一撃。
何頭か老いた家畜が仕込まれて他のものを先導すると
その行き先に若い家畜はおとなしくついて行く。

Week after week these veterans show the way,
Then, turned back just in time, are led themselves
Back to the pens where their initiates wait.
The young must cram all knowledge in one day,
But the old who lead live on and educate.

8   *Monologue in the Valley of the Kings*

I have hidden something in the inner chamber
And sealed the lid of the sarcophagus
And levered a granite boulder against the door
And the debris has covered it so perfectly
That though you walk over it daily you never suspect.

Every day you sweat down that shaft, seeing on the walls
The paintings that convince you I am at home, living there.
But that is a blind alley, a false entrance
Flanked by a room with a few bits of junk
Nicely displayed, conventionally chosen.
The throne is quaint but commonplace, the jewels inferior,
The decorated panels not of the best period,
Though enough is there to satisfy curators.

来る週も来る週もこれら老いたる家畜が先導し、
ちょうどいい頃合いに回れ右、連れられて
新参の待つ、もと来た囲いへと戻される。
若いものはあらゆる知識を一日で詰め込まねばならず、
老いたる先達は、生き続け、教えねばならぬ。

8　王家の谷でのモノローグ

余はあるものを奥の間に隠しておいた
そして石棺の蓋を封印しておいた
そして巨大な花崗岩で扉を塞いでおいた
そして瓦礫が完璧に覆っているので
おまえが毎日その上を歩いたところで絶対に気がつかない。

毎日おまえはあの縦坑をせっせと降りて行く、壁に描かれた
画を見て、余がそこに鎮座していると信じて。
だがあれは行き止まりの通路で、見せかけの入り口なのだ
そのわきの部屋に置かれたいくつかのガラクタは
いかにもそれらしいものを選んでそれらしく並べてあるだけだ。
玉座は立派に見えてもありふれたもの、宝石も見劣りするものばかり。
装飾した仕切り板も最上の時代のものではなく、
管理官を満足させるために数だけは揃えてあるのだ。

But the inner chamber enshrines the true essence.
Do not be disappointed when I tell you
You will never find it: the authentic phoenix in gold,
The muslin soaked in herbs from recipes
No one remembers, the intricate ornaments,
And above all the copious literatures inscribed
On ivory and papyrus, the distilled wisdom
Of priests, physicians, poets and gods,
Ensuring my immortality. Though even if you found them
You would look in vain for the key, since all are in cipher
And the key is in my skull.

The key is in my skull. If you found your way
Into this chamber, you would find this last:
My skull. But first you would have to search the others,
My kinsfolk neatly parcelled, twenty-seven of them
Disintegrating in their various ways.
A woman from whose face the spices have pushed away
The delicate flaking skin: a man whose body
Seems dipped in clotted black tar, his head detached:
A hand broken through the cerements, protesting:
Mouths in rigid grins or soundless screams –
A catalogue of declensions.

How, then, do I survive? Gagged in my winding cloths,
The four brown roses withered on my chest
Leaving a purple stain, how am I different

だが奥の間に納めたものこそが真に価値あるもの。
ほんとうのことを言っても失望するでない、
おまえには決して見つからないのだ。本物の純金の鳳凰、
その処方について記憶する者は誰もない
薬草にひたしたモスリン、入り組んだ装飾、
そして何よりも、びっしりと文字の書き込まれた
象牙とパピルス、これこそ叡智の結晶、
それを生み出したのは神官、医者、詩人そして神々で、
余の不滅の生命を保証するもの。だが仮にこれらをおまえが見つけたとしても
鍵は見つからない、それらはすべて暗号で書かれ
鍵は余の頭蓋骨の中に納めてあるのだから。

鍵は余の頭蓋骨の中にある。おまえがもしも探り当て
この奥の間に到るなら、最後に見つけるものこそが
余の頭蓋骨。だがその前に他のものを探さねばならぬ。
余の近親者、二十七体があり、きっちりと包まれているが、
崩れ方はさまざまだ。
一人の王妃の顔からは香料によって
薄皮がはがれ、一人の王は
凝固した黒いタールに浸けられたようで、頭部は切断されている。
手が一本、抗議するように、巻布から突き出ている。
ぎこちなく笑う口、あるいは声なき叫びを上げる口——
変わり果てた姿の数々。

ならば、余はいかにして生き延びるのか。ぐるぐると巻かれて声も出ず、
四つの褐色に色褪せた薔薇は胸の上で萎れ
赤いシミを残すが、余だけは別なのかどうか、

In transcending these little circumstances?
Supposing that with uncustomary skill
You penetrated the chamber, granite, seals,
Dragged out the treasure gloatingly, distinguished
My twenty-seven sorry relatives,
Labelled them, swept and measured everything
Except this one sarcophagus, leaving that
Until the very end: supposing then
You lifted me out carefully under the arc-lamps,
Noting the gold fingernails, the unearthly smell
Of preservation – would you not tremble
At the thought of who this might be? So you would steady
Your hands a moment, like a man taking aim, and lift
The mask.

        But this hypothesis is absurd. I have told you already
You will never find it. Daily you walk about
Over the rubble, peer down the long shaft
That leads nowhere, make your notations, add
Another appendix to your laborious work.
When you die, decently cremated, made proper
By the Registrar of Births and Deaths, given by *The Times*
Your six-inch obituary, I shall perhaps
Have a chance to talk with you. Until then, I hear
Your footsteps over my head as I lie and think
Of what I have hidden here, perfect and safe.

これらの些末な状況を乗り超えるに際して。
もし仮に非凡な技をもって
おまえが花崗岩をこじあけて奥の間に侵入し、封印を破り
宝物を引き出して得意満面、
二十七体の哀れなるわが王族をひとつひとつ識別し、
ラベルを付け、埃を払いすべての寸法を測り、
だがただ一つこの石棺だけは別にして、
最後までとっておくとして。もし仮に
おまえが余の体を慎重に持ち上げて、アーク灯のもとで、
金色の爪を認め、この世の物ならぬ
防腐剤の香を嗅ぐとしたら——おまえは身震いしないだろうか
これが誰であるかに思いを馳せて。そこでおまえは一瞬
狙いを定める者のように手を止め、そして持ち上げる、
余の顔マスクを。
　　　　　　　　いや、こんな仮定は無駄だ。すでに言ったであろう
余を見つけることなどあり得ないと。毎日おまえは瓦礫の上を
歩き回り、どこにも繋がらぬ深い縦坑を
覗き込み、メモをとり、
入念な調査にさらに追加を書き足す。
おまえが死んで、型通りに火葬され、正式に
戸籍登記所に登録され、『タイムズ』紙に
6インチ幅の長い死亡記事が載れば、どうやら余も
おまえと口を利く間柄となるかもしれぬ。その時までは、
おまえの足音を頭上に聞きながら、地下に横たわって余が思うのは
ここに完璧に、安全に隠したもののこと。

9 *Worm Within*

A souvenir from Sicily on the shelf:
A wooden doll carved out of some dark wood,
And crudely carved, for tourists. There it stood
Among the other stuff. Until one night,
Quietly reading to myself, I heard
It speak, or creak – a thin, persistent scratch,
Like the first scrape of a reluctant match,
Or unarticulated word
That made me look for it within myself

As if I talked to myself. But there it was,
Scratching and ticking, an erratic clock
Without a face, something as lifeless as rock
Until its own announcement that it shared
Our life with us. A woodworm, deep inside,
Drilled with its soft mouth through the pitch-stained wood
And like the owl presaging death of good,
Its beak closing as the dynasty died,
It held fear in those infinitesimal jaws.

So – to be practical – we must choose two ways:
Either to have some expert treat the thing
(Trivial, absurd, embarrassing)
Or throw it out, before the infection eats
The doors and floors away: this Trojan horse

9　内なる虫

棚の上のシチリア島の土産もの——
それは黒ずんだ材質の木彫りの人形で、
荒削りの観光客用の代物。そこに置かれている、
他の品々にまじって。ある晩のことだった、
ひとり静かに本を読んでいると、聞こえたのだ、
人形が口を利く、というか軋むのが——か細い、執拗に引っ掻く音で、
つきの悪いマッチを最初に擦ったときのような音、
それとも言葉にならない単語を
胸のうちで探すような感じの

まるで独り言を言ったような。しかし、音はたしかにしていたのだ、
カリッカリッという、文字盤のない
狂った時計の音、岩のように生命の通わぬもの、
それが、われわれと生活を共にしていると
告げているのだ。木喰虫が、奥深くで、
その柔らかい口でタールに染め抜かれた黒い材を掘削して、
そして善なるものの不吉な死を告げるフクロウが、
王朝の終焉に合わせてその嘴を閉じるように、
その微小な顎に恐怖を漲らせているのだ。

かくして——現実問題として——選択肢は二つしかない。
専門家に人形を処理してもらうか
（つまらぬことで、大げさにさわいで、きまり悪いことだが）、
それとも、捨ててしまうかだ、さもないと木喰虫は侵食し続けて、
扉や床も喰いつくしてしまう。このトロイの木馬は

In miniature could bring the whole house down,
I think to myself wildly, or a whole town…
Why do we do nothing, then, but let its course
Run, ticking, ticking, through our nights and days?

10 *The Bonfire*

Day by day, day after day, we fed it
With straw, mown grass, shavings, shaken weeds,
The huge flat leaves of umbrella plants, old spoil
Left by the builders, combustible; yet it
Coughed fitfully at the touch of a match,
Flared briefly, spat flame through a few dry seeds
Like a chain of fireworks, then slumped back to the soil
Smouldering and smoky, leaving us to watch

Only a heavy grey mantle without fire.
This glum construction seemed choked at heart,
The coils of newspaper burrowed into its hulk
Led our small flames into the middle of nowhere,
Never touching its centre, sodden with rot.
Ritual petrol sprinklings wouldn't make it start
But swerved and vanished over its squat brown bulk,
Still heavily sullen, grimly determined not

小型ながら、家全体を崩落させてしまいかねない、
突飛な考えかもしれないが、町全体さえも……
ならば、なぜ手を拱いて、木喰虫に勝手に
掘り続けさせるのか、カリッ、カリッと、夜も昼も。

10　焚火

来る日も来る日も、一日また一日と、積み上げていった、
麦わら、刈った芝生、かんなくず、抜いた雑草、
カラカサカヤツリ草の大きな平たい葉、大工が残していった
木の切れ端や、可燃ゴミなど。それなのに
マッチで点火すると、その時だけシュッシュッと音がして、
ほんのわずか燃え立ち、乾いた種が線香花火のように
パチパチと火の粉を散らすが、やがて力なく土に還って
くすぶり煙るのみ、われわれはただ眺めるだけ、

重たく覆いかぶさる灰色の火のない焚火を。
この不機嫌な構造物は芯が詰まっているのか、
新聞紙をひねってその巨体に突っ込んでも
小さな炎が空しくチロチロと燃えるばかり、
中心に達することはない、中は朽ちて湿っているようだ。
お決まりのガソリンかけをしても火は起こらずに
的を外れて、ずんぐりとした褐色の堆積の上で消えてしまい、
相変わらず気むずかしくむっつりとして、いっこうに

To do away with itself. A whiff of smoke
Hung over it as over a volcano.
Until one night, late, when we heard outside
A crackling roar, and saw the far field look
Like a Gehenna claiming its due dead.
The beacon beckoned, fierily aglow
With days of waiting, hiding deep inside
Its bided time, ravenous to be fed.

11 *Rescue Dig*

In a fading light, working towards evening,
Knowing next day the contractors will be there,
Impatient earth-movers, time-is-money men,
And the trench, hastily dug, already crumbling
(No leisure for revetments), you're suddenly aware
Of some recalcitrant thing, as when your pen
Stubs at the page
And slips stubbornly, tripped by a grease-spot, dry
Shadow-writing. The trowel hits the edge,
Solid against solid, perhaps pottery,
Perhaps bone, something curved and flush
With earth that holds it smooth as yolk in white
And both within their shell. Feel round it, go
Teasing its edges out, not in a rush
Of treasure-hunting randomness, but quite

燃え上がる気配はない。かすかな煙が
上にかかるばかり、火山のように。
ところが、遂にある晩おそく、外で
パチパチと燃え上がる音が聞こえ、見れば向こうの野原は、
さながら死の宣告を受けた者たちを待ち受けるゲヘナ。
かがり火がめらめらと燃え上がり、あかあかと輝いていた、
何日も奥深く隠れて待った
待望の時、今こそ燃え上がらんと渇望するかのように。

11　発掘

薄れゆく陽のもと、日暮れに励むのは、
明日になれば業者が来ることを知るからだ、
気ぜわしく大地を掘り返す、時は金なりの連中だ。
急いで掘った壕は、掘ったはしからボロボロ崩れるが
（修復の暇もないままに）、突然何か手に当たるものを感ずる、
ちょうど手に持つペンが
紙の上でひっかかり、
脂のシミにはじかれて滑りつづけ、インクが
字にならないときのようだ。移植ゴテが何かの端にコツンと当たる、
固い物に当たるこの感じは、陶器だろうか、
いや骨だろうか、何か湾曲したものがべったりと土に接し
なめらかに包まれている、卵の白味が黄味を、
そして殻が白味も黄味も包むように。指で触りながら、周りの
土をそぎ落としかき出してみる、焦らずに、
あてずっぽの宝探しではないのだから、だが

Firmly yet tactfully, with a patient slow
Deliberation, down
Round the bounding line that holds it, up
Its cupped outline (grey or brown?
The light is bad), letting the soil slip
Smoothly away. Too quick in your eagerness
And you'll fracture its flimsy shape, be left with scraps.
What are these folds on it? A skull's brow-ridges,
Lugs at a pot-rim? Let your hand caress
Its texture, size and mass, feel for the gaps
That may be there, the tender buried edges
Held by the earth.
Now what you want is time, more time, and light,
But both are going fast. You hold your breath
And work only by touch, nothing in sight
Except the irrelevant spots of distant stars
Poised far above your intent groping here.
Exasperated, suddenly sensing how
Absurd your concentration, your hand jars
The obstinate thing; earth falls in a damp shower;
You scrabble to save it, swearing, sweating. Now,
In the total dark,
You know it's eluded you, broken, reburied, lost,
That tomorrow the bulldozers will be back;
The thing still nameless, ageless; the chance missed.

力をこめ、しかも気を配り、辛抱強くゆっくりと
慎重に、じわじわと
周りをなぞって底の土との境まで降り、つぎに上に向かって
茶碗状の外郭（灰色だろうか、それとも茶色だろうか、
暗くて見えない）をなぞり、付着した土を
滑らかに落とす。はやり過ぎると
脆い外形が割れて、破片しか残らない。
襞があるのは何だろう、頭骸骨の眼窩の隆線だろうか、
それとも壺の縁に付いた取手か。手で撫でて確かめてみる、
肌理と、大きさと、質感を。土にしっかりと
埋もれている、きゃしゃな外廓のどこかに
切れ目がないかどうか触ってみる。
もっと時間が欲しい、もっと時間が、それに光も、
だが、時間も光もどんどんなくなっていく。息を殺し
作業は触覚だけが頼りだ、何も見えない、見えるのは
ただはるか彼方の中空に浮かぶ星影ばかり、
ここで一心に行なう手探りの助けにもならない。
ふと気付けば、一心不乱の自分の愚かしさ、
やけくそに、思わずみずからの手で
びくともしないその物に一発くらわすと、湿った土がどさっと落ちる。
それを守ろうと土をかき回し、汗だくになり、畜生、と罵る。いまや
辺りは真っ暗。
それを手にすることはできなかった、壊れ、ふたたび土に埋もれ、失われた、
明日になればブルドーザーが戻ってくる、
あれの正体も、年代もわからぬまま、チャンスは失われたのだ。

12 *Marriages*

How dumb before the poleaxe they sink down,
Jostled along the slaughterer's narrow way
To where he stands and smites them one by one.

And now my feet tread that congealing floor,
Encumbered with their offal and their dung,
As each is lugged away to fetch its price.

Carnivorous gourmets, fanciers of flesh,
The connoisseurs of butcher-meat – even these
Must blanch a little at such rituals:

The carcasses of marriages of friends,
Dismemberment and rending, breaking up
Limbs, sinews, joints, then plucking out the heart.

Let no man put asunder…Hanging there
On glistening hooks, husbands and wives are trussed:
Silent, and broken, and made separate

By hungers never known or understood,
By agencies beyond the powers they had,
By actions pumping fear into my blood.

12　結婚の残骸

斧を目にして何と声も上げずかれらは倒れ込むことか、
狭い通路を押されひしめき合って進む
先には屠殺業者が待っていて一頭ずつ打ちのめすのだ。

私はあの血の凝固した床を踏んで行く、
かれらの臓物や糞につまずきながら、
かれらが引きずられて行き、値付けがされるのを見ながら。

肉好きの美食家、肉の嗜好者、
食肉の目利き——この種の者たちでさえ
屠殺の儀式を目にすれば少しは青ざめるにちがいない。

友人たちの結婚の残骸、
手足を切断され、引き裂かれ、バラバラにされる
四肢と腱と関節、あげくに心臓が引き抜かれる。

引き離すこと勿れ……あそこで
ぎらぎらと光る鉤釘に吊るされて、夫と妻がくくりつけられている。
物言わず、うちのめされ、引き裂かれたのは

経験したことがなく理解を超える渇望によるもの、
あの者たちが制御できない力によるもの、
私の血に恐怖を注ぎ込む行為によるもの。

13 *Simple Poem*

I shall make it simple so you understand.
Making it simple will make it clear for me.
When you have read it, take me by the hand
As children do, loving simplicity.

This is the simple poem I have made.
Tell me you understand. But when you do
Don't ask me in return if I have said
All that I meant, or whether it is true.

14 *Cicadas in Japan*

Hearn heard them, and thought them magical,
Tried to distinguish
The multiple trills and screechings, different
From decibels in Italy or Provence:
Shrill carapace of shellac, trembling membranes
Strumming glum cacophonies.

And they are indeed alien, their quavers
Underline again
And yet again how different they, and we, are –
Like the nightingale that is not a nightingale,
The crow that will never be a crow,
Though sweet, though raucous.

13　シンプルな詩

わかってもらえるようにシンプルに書こう。
シンプルにすれば自分にもわかりやすくなる。
その詩を読み終えたら、私の手を取って──
シンプルなのが好きな子どもがそうするように。

これが私の書いたシンプルな詩。
わかったと言って。でもそう言うときに、
聞き返したりしないで──私が思ったことを
すべて言っているのか、それは本当なのか、と。

14　日本の蝉

ハーンはその声を聞き、魔法のようだと思い、
聴き分けようとした、
多重顫音(トリル)と金切り声とを。違うのだ、
イタリアやプロヴァンスの蝉の声とは。
鋭く響くワニスを塗ったような甲殻と、ふるえる膜が
かき鳴らすのは陰気な不協和音。

たしかに日本の蝉は異種なのだ、あの震え声は
またしても強調する、これでもか、
これでもかと、かれらは違う──そしてわれわれも、
日本の鶯が西欧の夜啼き鳥(ナイチンゲール)ではないように、
日本の烏が西欧のカラスにはなり得ないように、
美声でも、しゃがれ声でも。

And yet, in the swelter of summer, in a thick sweat,
Why not different?
They go with the twilight, the night, the day, the dawn
Coming again in shrill loudspeaker vans
Announcing news I cannot understand,
Speaking in tongues, wheezing out miracles.

15   *Shock*

An easing of walls,
A shuddering through soles:
A petal loosens, falls.

In the room, alone:
It begins, then it has gone.
Ripples outlast stone.

Rain-smell stirs the heart;
Nostrils flare. A breath. We wait
For something to start.

The flavour of fear,
Something fragile in the air.
Gone, it remains here.

それにしても、夏のうだるような暑さ、じっとりとする汗、
違って当りまえだ。
ここでは蝉は、夕方も、夜も、昼も、明け方も鳴く
まるで耳障りなスピーカーをつけた小型トラックのようだ
流す報せは私には理解不能で、
言葉のようだが、絞り出す騒音は奇怪千万。

15　ショック

壁がぐらりと揺れ
足の裏に伝わる震動。
花びらがゆるみ、ハラリと落ちる。

部屋には自分ひとり、
来た、と思うともう止んだ、
石を投げたあとに残る波紋。

雨の匂いが心を揺さぶる、
鼻孔が開く。大きく息をする。待機する、
何かが起こるのを。

恐怖の味、
何かが崩れそうな気配。
それは去ったが、まだあとに残る。

16 *Sideshows at the Tori-no-Ichi*

She is quite pretty, young, and she swallows fire.
Her kimono has a special bib to protect her.
She mops her mouth with tissues daintily
In preparation for the plume of flame.

After she has done the necessary – a conflagration
Sucked down her throat and belched with a roar upwards –
Our attention is drawn to a writhing sack of snakes.
She is handed one snake, which she smoothes like a length of string.

Then, with a steady hand, the snake's head is inserted
Between her lips; she inhales, and it disappears
Along with four inches of body. The drumming increases.
The body withdraws, headless. She frowns and chews,

Opens her mouth, allows a trickle of blood
To flow down her chin, and wipes it gently away.
She has swallowed the snake's head. She smiles at the joke.
She mops her mouth with tissues daintily.

*

16　大道芸
　　——酉の市で

女は若くてなかなかの美人、それが火を呑み込むのだ。
着物には防護の胸当てがついている。
懐紙で上品に口元を拭き
火焰を呑むのに備える。

お決まりの芸が済むと——燃える炎を
喉の奥まで吸い込んだあとごうごうと吹き上げる——
次に目を引くのはうごめくヘビの袋。
女は一匹手渡されると、それを紐のようにしごく。

そして、確かな手つきで、ヘビの頭を口に入れる、
唇に挟んで。ぐいぐい呑み込むと、ヘビの頭は消える、
四寸の体もろともに。太鼓の音が高鳴る。
ヘビの体が引きもどされる、頭がない。女は顔をしかめながら、嚙みしめ、

口を開けると、血の滴がたらたらと
あごに垂れるのを、女はそっと拭き取る。
ヘビの頭を呑み込んだのだ。女はみずからの演技に、にっこり笑う。
懐紙で上品に口元を拭く。

*

She is three feet tall, her head and trunk are those
Of a woman of sixty; but her arms are short and muscled
Like an infant Hercules, and her legs are stumps
Wrapped in bright rags, taffeta sausages.

She plays with a saucer balanced on a stick
Which she twirls in time to the music. By her side
Is a life-sized head of a puppet. She puts her own head
On the floor, and raises her trunk with a flip of her wrists.

But something is wrong with the tape-recorder.
It should be giving her something to dance to,
With the puppet's head stuck in her crotch and her tiny stumps
Waving like arms though they are really legs.

An assistant is called for, a big young capable man
Who fiddles with switches and knobs. But the tape-recorder
Refuses to play the game. The crowd is waiting.
They have paid their money and are waiting for something to happen.

But nothing happens. Till the three-foot woman shrugs
With her massive shoulders, and begins to move,
Waving her ragged legs, jiggling the puppet's head
In time to nothing, in a silent dance.

女は身の丈三尺、顔と胴体は
六十の老女、だが短い腕は筋骨隆々、
まるで幼いヘラクレス、切株のような脚は
派手な色の布切れに包まれ、まるでタフタ巻きのソーセージ。

棒の上に乗せた皿のバランスをとり
音楽に合わせてくるくる回す。わきにあるのは
等身大の人形の首。女は自分の頭を
床につけて手首を返して胴体を持ち上げて逆立ちする。

だがテープレコーダーの調子がおかしい。
逆立ち踊りを合わせる音楽を鳴らすはずなのに、
逆立ちした股間に人形の首を挟み、切株のような短い脚を、
ほんとは脚なのだが、腕のように振るはずなのに。

呼ばれた付き人は、大柄の有能そうな若者で、
スイッチやボタンをいじりまわす。だがテープレコーダーは
鳴ってくれない。観衆は待っている。
みんなお金を払って、何かがはじまるのを待っている。

だが何も起こらない。ついに三尺女はがっしりとした
肩をすくめ、動きはじめる、
布切れで巻いた足を振り、人形の首を左右に動かし、
合わせる曲のないまま、無言の踊りを踊るのだ。

17 *Hiroshima: August 1985*

No way to deal with it, no way at all.
We did not have to come, and yet we came.
The things we saw were all the very same
As we expected. We had seen them all:
The fabric pattern printed on the skin,
The shadow of a body on a wall.
What wrapped our bodies round was much too thin.

Voyeurs, but sensitive not to display
Unseemly horror; yet sensing that we felt
Horror was here, and everywhere was shown.
We knew the arguments the other way –
If they had had the thing, it would have blown
Some other city, one of ours, away.
Was it guilt, shame, fear, nausea that we smelt?

Self-accusations, bewilderment, disgust:
Those dripping rags of flesh, that faceless head,
The sky wiped black, the air crammed black with dust,
City of ghosts, museum of the dead.
No way to deal with it, no way at all.
We did not have to come, and yet we came.
The things we saw were all the very same
As we expected. We had seen them all.

17　ヒロシマ——1985年8月

どう向き合えばよいのか、まったくわからない。
来なければならないのではなかったが、やはり来たのだ。
見たものすべてまったく同じだった、
思い描いていたものと。すべて見たことがあるのだ。
皮膚に焼きついた着物の模様、
壁に残る一人の死者の影。
人体を包むものはあまりにも薄かった。

怖いものを見たのだが、慎みからその場では
見苦しい恐怖を表さない。だがたしかに感じたのだ、
恐怖がここにあり、いたるところに示されていると。
逆の主張があることも知っていた——
かれらがそれを持っていたら、壊滅させていたであろう、
別の都市、つまりわれわれの側の都市を。
ここでわれわれが嗅ぎ取ったのは、罪悪感、恥、怖れ、吐き気なのか。

自責と困惑と嫌悪感——
血の滴る襤褸のように垂れ下がる皮膚、顔のない頭、
一面黒く塗りつぶされた空、充満する塵で真っ黒になった大気、
幽鬼の街、死者の陳列館。
どう向き合えばよいのか、まったくわからない。
来なければならないのではなかったが、やはり来たのだ。
見たものすべてまったく同じだった、
思い描いていたものと。すべて見たことがあるのだ。

18 *Soseki*
   (London: December 1901)

A lost dog slinking through a pack of wolves.

Sour yellow droplets frozen on each branch,
The tainted breath of winter in the fog:
Coal-smells, and cooking-smells (meat-fat, stewed-fish),
And smells of horse-dung steaming in the streets:
Smoke groping at the windowpanes, a stain
Left hanging by the mean lamp where I trace
Page after page of Craig's distempered notes…

>   Winter withering
>   Autumn's last scattering leaves:
>   London is falling.

I want a theory, a science with firm rules
Plotting the truth objectively through all these infinite spaces.
I look out of the window over the whitened blankness,
And from the East the moon lights up half the river.

But it is hallucination: cab-lights from Clapham Common
Flash at the pane, my head throbs over the little fire,
I am crying in the darkness, my cheeks sticky with tears.
Far, far beyond the heavens the forms of departing clouds…

18　漱石
　　（ロンドン　1901年12月）

群狼の間をこそこそとすり抜ける一匹の負け犬

酸っぱく黄色い水滴が枝また枝に凍りつく、
霧にこもる汚れた冬の臭気。
石炭の臭いと料理の臭い（肉の脂と魚の煮込み）、
そして通りで湯気を立てている馬糞の臭い。
煤煙が窓ガラスをはいずり、こびりついて
汚れを残す安物のランプのもとで
一枚また一枚とクレイグの乱雑な添削を読む。

　　　　冬枯れに
　　　　秋の葉朽ちて
　　　　ロンドン落ちる

私が求めるのは理論だ、確固たる法則を持つ科学だ、
それがあれば客観的真理を確定できる、この無限の空間の中で。
窓の外を眺めると一面に白くうつろな光景、
東から月がテムズ川の片側を照らし出す。

いや、幻覚だった、クラパム・コモンあたりの馬車の明かりが
窓に光っただけだ、小さな暖炉にあたっていると頭がズキズキと疼き、
私は暗闇で泣く、頬が涙でねとつく。
空遠くかなたを渡る雲の群れ……

Downstairs, those sisters plot and scheme together –
I found the penny on the windowsill,
The one I gave the beggar yesterday. Ridiculous pity,
Sly instruments of torture!
                              'Natsume's mad' –
That telegram sent home by Okakura –
Will they believe it? Is it so? Is he my friend?
I have no friends. By the light of the dying fire
I underscore these lines, and more, and more…

       December evening.
       Light at the window shining.
       Something in hiding.

London is districts learned from Baedeker
And learned on foot. England is somewhere else.
A day in Cambridge seeing Doctor Andrews,
The Dean of Pembroke, offering me sherry.
Too many 'gentlemen' – at Oxford too.
Someone said *Edinburgh*, but the speech up there
Is northern dialect, *Tōhoku*-style.
So London it must be – the Tower, its walls
Scrawled with the dying words of men condemned:
Lodgings in Gower Street with Mrs Knot;
That vast Museum piled with pallid Greeks;
West Hampstead, and then Camberwell New Road…
I measure out the metres as I walk,
Finding sad poetry in the names of places.

階下では、宿主の姉妹が二人して企みをめぐらす——
窓枠に1ペニー銅貨を見つけた、
あれはきのう乞食に恵んでやったものだ。ばかげた憐みが、
私を苦しめる陰険な手段になるとは！
　　　　　　　　　　　　　　「夏目狂セリ」——
岡倉が日本に打ったあの電報——
みんな信じるだろうか？　ほんとうにそうなのか？　岡倉は私の味方か？
私に味方などいない。消えかかった暖炉の明かりで
この数行に下線を引く、くり返し、くり返し……

　　　　師走の日暮れ
　　　　窓は光りて
　　　　潜むものあり

ロンドンの各地区はベデカーで調べ
脚で学んだ。英国はまた別だ。
一日ケンブリッジ訪問、ペンブルックの司祭
アンドルーズ博士と面談、シェリーを供される。
ここは「紳士」だけの世界——オックスフォードもそうだが。
「エディンバラ」はどうかとも言われたが、向こうの言葉は
北部訛り、「東北弁」のようなものだ。
やはりロンドンでなくては——ロンドン塔、その壁には
死を宣告された者たちの辞世の言葉が書きなぐられている。
ガワー・ストリートのノット夫人に紹介された下宿。
青白いギリシャの立像の立ち並ぶ巨大な大英博物館。
ウェスト・ハムステッド、それからカンバーウェル・ニュー・ロード……
歩く歩数で距離を測る、
地名にこめられた悲しい詩情を感じながら。

Sometimes, walking the streets thronged with such tall and
    handsome ones,
I see a dwarf approaching, his face sweaty – and then
I know it for my own reflection, cast back from a shop-window.
I laugh, it laughs. 'Yellow races' – how appropriate.

'Least poor Chinese' – I think I hear – or 'Handsome Jap'…
Sneers of a group of labourers, seeing me go by
In frock-coat, top-hat, parody of 'English gentleman'
Sauntering down King's Parade or in the High…
I walk to Bloomsbury, walk back to Clapham,
Carry my Meredith or Carlyle through the drizzle,
Munching with difficulty a 'sandwich' on a bench in the park
Soaked by the rain, buffeted by the wind…

Far, far beyond the heavens the forms of departing clouds,
And in the wind the sound of falling leaves.

It is time to be deliberate, to use
Such gifts as I am given, to escape
The traveller's to-and-fro, the flow of facts
Unchecked, to make a system that will join
Blossom to branch, reason to intuition,
Wave after wave uniting as each falls
Under the next that follows up the beach…

時には、背が高く顔立ちのいい紳士の群がる通りを歩いていると、
一寸法師がやって来るのに出会う、顔は汗だくだ——何だ、
店のショーウィンドーに映った自分の影ではないか。
自分が笑えば影も笑う、「黄色人種」とは——言い得て妙。

「支那人にしてはまともだわね」——と言っているようだ——、
「ハンサム・ジャップか」と、すれ違いざま労働者どもがせせら笑う、
フロック・コートとシルク・ハットで「英国紳士」を気取って
キングズ・パレードや目抜き通りをぶらついている時だ……
ブルームズベリーまで歩き、クラパムへ歩いて帰る、
霧雨の中、メレディスやカーライルを脇に抱え、
公園のベンチで「サンドイッチ」をやっと呑み込む、
雨に濡れ、風に打たれて……

空遠くかなたを渡る雲の群れ
風に舞い落ち葉鳴る

時は来た、決然と、なけなしの
生まれもった才能を駆使し、旅行者として
右往左往することなく、無差別に
事実に押し流されることなく、体系を打ち立てるのだ、
それにより花は枝と、理性は直観と結ばれる、
浜辺に寄す波が一つまた一つ
次に寄せ来る波の下で重ね合わさるように……

        A cry outside shakes
        The tangle of waterpipes:
        Midnight: a mouse squeaks.

A frightened mouse in a cell facing north,
I have almost forgotten what brought me here
Or what I do from day to day.
                      I know
I sat with Craig for an hour this morning,
Hearing him mumbling Shakespeare through his beard,
Gave him my shillings in an envelope
Bound round with ribbon which he plucked away
Impatiently and mannerless – due fee
For pedagogic drudgery. So walked back,
Wondering could I afford a mess of eggs
In the cabby-shelter out in Battersea,
And settled for a farthing bun and 'tea'
Scabby with milk served in a cracked white mug
At the stall by Wandsworth Bridge. Such humdrum things
To maze the mind and clog the intellect…

By the old castle at Komoro
The clouds are white and the wanderer grieves.

Impenetrable people, country bumpkins,
Nincompoop monkeys, good-for-nothing
Ashen-faced puppets – yes, it's natural

　　　　　外で誰かが叫ぶと
　　　　　絡んだ水道管が震え
　　　　　夜更けてネズミ鳴く

北向きの独房で慄くネズミ、それが私だ、
忘れかけている、何のためにここに来たのか、
日々何をするのか。
　　　　　そうだった、
今朝は一時間、クレイグと対座していた、
ひげの奥からクレイグがもごもごとシェイクスピアを講ずるのを聞き、
数シリングを入れリボンをかけた
封筒を渡すと、ひったくった、
もどかしげに無作法に──糊口凌ぎの個人教授に対する
応分な謝礼なのだ。徒歩での帰り道、
バタシーにある御者の簡易食事処で、
卵料理が一皿買えるかどうかと思ったが、
結局、ウォンズワース橋のたもとの屋台で、
食べたのは1ファージングのパンと、ひび割れた
白いマグで出された、ミルクの塊の浮く「紅茶」。かくも味気ない日常が
精神をかき乱し知性を鈍らせる……

小諸なる古城のほとり
雲白く遊子悲しむ

不可思議な人種、田舎者、
アンポンタンの山家猿、役立たず、
土気色の顔した操り人形──そうとも、当たり前だ、

Westerners should despise us. They don't know
Japan, nor are they interested. Even if
We should deserve their knowledge and respect,
There would be neither – because they have no time
To know us, eyes to see us…Lesser breeds:
We need *improvement* (Brett has told me so),
And Western intermarriage would improve us.
We are the end of something, on the edge.

> The loneliness, the grieving heart of things,
> The emptiness, the solving fate that brings
> An answer to the question all men ask,
> Solution to the twister and the task.

'Tears welling up in a strange land,
   I watch the sun set in the sea':
Yes, true, but for the sun, which once a week
May sidle itself weakly through pale clouds,
And for the sea, which somewhere – south or east –
Lies far beyond me, and is not my sea.
But tears well up, indeed, in a strange land
And speak of nothing but my lack of speech.
Curt monosyllables jab and jabber on,
Perverted versions of the tongue I know
Or thought I knew – the language Shakespeare spoke,
And Lemuel Gulliver's pure dictions mouthed
By me, alone, in Kanda, Matsuyama,

西欧人がわれわれを蔑むのは。西欧人は
日本を知らない、日本に興味もない。仮に
日本が西欧人に知られ尊敬されるに値するとしても、
知られもせず尊敬もされまいが——なぜなら西欧人は
知る暇も、見る目もない……われわれ劣った人種を。
われわれは「品種改良」が必要だ(ブレットが私にそう言ったことがある)、
西欧人との混血が品種改良となるそうな。
われわれはどんづまり、瀬戸際に立っている。

　　　　孤独、万物に宿る悲しみの核心、
　　　　空虚、究極の運命すなわち死、それは
　　　　万人が発する問いに答えを与える、
　　　　難問と課題に対する解決である。

　　「海の日の沈むを見れば
　　　激り落つ異郷の涙」
いかにも、だがここでは太陽が、
淡い色の雲のあいだを弱々しく通過するのは週に一度ほど、
また海は、いずこにか——南か東か——
手の届かぬ遥かかなたにあって、私の海ではない。
しかし、まこと異郷で涙は激り落ち、
つくづくわかるのは、私には話すことばが欠けていること。
耳に突き刺さる、まくしたてられる単音節のことば、
それは英語の訛った変種。私が習熟した、
いや習熟したつもりでいたのは別物で——シェイクスピアが話した英語、
そしてレミュエル・ガリヴァーの純粋な語法、
それを私はひとり口にしていた、神田で、松山で、

In Kumamoto…sailing through such seas
And on such seas of rhetoric and doubt
Towards these other islands where the sun
Has set before it rises, Ultima Thule,
Where tears well up and freeze on every branch.

I creep into my bed. I hear the wolves.

19 *Imagine a City*

Imagine a city. It is not a city you know.
You approach it either by river or by one of four roads,
Never by air. The river runs through the city.
The roads enter at the four points of the compass.
There are city walls, old ones, now long decayed
But they are still there, bits of a past it once had.

Approach it now (shall we say) by the road from the east.
You can see the ruined gate from a mile away,
And, beyond the gate, towers that may be temples or tombs.
It is evening, and smoke here and there is rising in drifts,
So meals are being prepared, you suppose, in thousands of houses.
There is a smell of roast meat, a succulent odour.

熊本で……そして海をわたってやってきた、
修辞と懐疑の海をわたり
たどり着いたのはもう一つの島国、英国、そこは陽が
昇る前に没する、最果ての地、
激り落つ涙が、枝また枝に凍りつくところ。

私は寝床にもぐり込む。群狼の吠え声が聞こえる。

19　想像上の町

町を想像してみよう。知っている町ではない。
川からでも、四つの道路のどれかからでも入れるが、
空路では入れない。川が町を貫流する。
道路は羅針盤の四方に入り口がある。
外壁がある。昔のもので、永らく崩れたままだが、
まだ残っている、かつてあった過去の断片として。

そこに行ってみよう（ためしに）東の道路から。
崩れた門が１マイルも先から見え、
門のかなたには、塔が聳える、それは神殿か廟か。
時は夕刻で、煙があちらこちら立ちのぼりたなびく、
食事の支度どきなのだろう、幾千もの家々で。
ローストされた肉の匂い、汁気たっぷりの肉の匂いだ。

Now enter the city, go through the eastern gate.
Great birds, like vultures, shift on its broken tiles.
The street in front of you is obscured by the setting sun,
A yellow-red ball in a dazzling haze of brilliance.
The paving under your feet is uneven. You stumble,
Clutching a door that leans to your hand as you take it.

And now for the first time you are uneasy.
No one is in the street, or in the side-turnings,
Or leaning out from the windows, or standing in doorways.
The fading sunlight conspires with the drifting smoke,
Yet if there were people here surely you'd see them,
Or, at the least, hear them. But there is silence.

Yet you go on, if only because to go back now
Seems worse – worse (shall we say) than whatever
Might meet you ahead, as the street narrows, and alleys
Flow in hither and thither, a dead-end of tangles
Looping forwards and sideways, neither here nor there, but somehow
Changing direction like water wind-caught abruptly.

And there you are, now. You may find the western gate.
It must lie straight ahead, the north to your right,
The south to your left. But where is the river
You heard about (you say) at the beginning?
That is for you to find out, or not to find out.
It may not, in any case, serve as a way of escape.

いよいよ町に入る、東門から入ろう。
禿鷹のような巨大な鳥が、壊れた瓦の上を動いている。
眼の前の通りは夕日が目に入り、よく見えない。
夕日は目くるめくばかりに輝く靄の中の黄赤色の火の玉だ。
足元の舗装はでこぼこしている。つまずいて、
そこにあるドアに摑まると、こちらに傾く。

ここではじめて不安になる。
通りにも、通りから入ったところにも、人影がなく、
窓から乗り出す人も、戸口に佇む人もない。
薄れゆく陽の光が漂う煙と謀ったのだろうか、
だがここに人がいるのなら姿が見えるはず、
せめて人声が聞こえるはず。しかし町は沈黙に包まれている。

それでも歩みつづける、ただ理由は今さら引き返すのは
最悪――（言うならば）何であれこの先
待ち受けるものより悪いと思えるからだ、通りが挟まり、路地が
あちこちに張りめぐらし、もつれた袋小路が
前後左右に曲がりくねり、こちらでもないあちらでもない、どういうわけか
突然風に捕われた水のように方向を変える今の状況で。

それが現状だ。西門が見つかるかもしれない。
それはまっすぐ前方、北門は右手で、
南門は左手のはず。しかし川はどこにある、
最初に聞いていた（と言っていた）はずの川は？
自分で見つけなければならない、見つからないかもしれないが。
どのみち、それを伝って逃げ出せるわけではない。

You imagined a city. It is not a city you know.

20   *The Dancing Foxes*

An early morning walk in Gloucestershire
Twenty-five years ago: the borrowed cottage, then
A rutted track, a gate, a rising copse,
The wind blowing against me, when
Among the trees I reached another gate.

Leaning, at first I saw the distance rather
Than what the morning gave me…Straight
In front of me, six feet away, a vixen
Lay in a couch of bracken, muzzle raised
At her two cubs, dancing on their hind paws,
Rapt as their mother's gaze.
Nimbly they moved. Moved and unmoving, we
Watched as they danced, vixen and man content
In what we saw, separately and together.

Until the wind turned suddenly, to scatter
Vixen and cubs across those distances,
Leaving me at the gate among the trees.

それは想像上の町だったのだ。知っている町ではないのだ。

20　踊る狐

グロスタシャーでの早朝の散歩、
25年前のこと。休暇で借りた田舎家、そして
轍の痕が深く残る道、木のゲート、丈の伸びた雑木林、
吹きつける風を突いて進むと、
木立に囲まれて、また一つゲートがある。

身を乗り出して、まず感じたのは距離、
朝の光景というよりも……真っすぐ
目の前に、6フィート向こうに、1匹の母狐が
シダの寝床に横たわり、上に向けた鼻づらの先では
2匹の子狐が後ろ足で立って踊っている、
母狐の眼差しに劣らずうっとりとして。
なんと敏捷な動き。心動かされ、身じろぎもせず、母狐と私は
子狐が踊るのを見つめた。母狐と人間とが目に映る光景に
心満たされ、別々にしかし一体となって。

突如風が巻き起こり、おどろいた母狐と子狐たちは
遠くの方へ逃げていった、
木立に囲まれたゲートに私を残して。

21 *Multiplied*

He's gone with her, and she has gone with him,
And two are left behind; and there's four more –
The children, two of each; grandparents, still
Alive and well, till now, and taking sides;
And neighbours, six close by, and more besides
In half a dozen villages…Until
The whole thing multiplies by seven score –
Why he went off with her, and she with him.

One, left behind, has changed the locks and keys:
The other keeps inside and draws the blinds.
The ones who went have rented somewhere near,
But no one's seen them yet. The children play
With neighbours' children. Those who've gone away
Will haggle over them, and fret in fear
Absence will blank them out. What clasps and binds
Shreds down to lawyers, judgements, mortgages.

So what began in two especial lives,
Involving many more in church and bank,
Florist, wine-merchant, dressmaker, Moss Bros.,
A regiment of relatives, a ring,
Has now become this other tangled thing:
Two grew to eight, with dozens at a loss
To know whom they should blame or love or thank.

21　増えつづける

男は別の女と去り、女は別の男と去り、
二人あとに残される。そしてもう四人いる——
子どもたちだ、それぞれに二人ずつ。両親も、まだ
生きていて今のところ元気で、それぞれの側についている。
それに隣人が、六人はすぐ近くに、さらに多くが、
六つの村にまたがって……それからそれへと
全部で二十の七倍にまで膨らむ——
男は女と、女は男と、なぜ行ってしまったのか。

残された方の一人は、錠前と鍵を取り替えた。
もう一人は引き籠り、ブラインドを下したきり。
去って行った一組は近いところに家を借りたが、
まだ誰も会った者はない。残された子どもたちは
近所の子どもたちと遊ぶ。去って行った者たちは、
子どもたちのことで争い、心配で焦ることになる、
離れていると忘れられはしまいかと。堅く結ばれた肉親の絆が
バラバラになり、弁護士と調停とローンの問題と化す。

かくして、特別な二人の生活として始まったものが、
それに関わったもっとたくさんの人々——教会、銀行、
花屋、酒屋、仕立屋、貸衣装屋、
親戚一同、全員が巻き込まれ、
いまでは錯綜の別の要因となっている。
二人が八人となり、そして何十人もが途方に暮れている、
いったい誰を責め、誰を愛し、誰に感謝すればよいのかわからずに。

So many husbands gone, so many wives.

22 *Sigma*

Unable to get on with anything,
Throwing out papers, fiddling with piled mess,
I pull a box of sherds out, stacked up here
Among the whole accumulation, less
Because I want to but because it's there –
A scattering of pottery I picked up
Among the Libyan middens I knew once,
And rake it over, chucking out here a cup –
handle, broken, and a flaking rim:
And, in among it all, there's suddenly
This scrap that carries a graffito – Σ ,
A sigma, a scratched *ess*; and try to tell
Where it once fitted – as beginning or end,
As some abbreviated syllable,
Or sign of ownership, or just a scribble
Made on a day in 450 BC
By someone else who messed about like this,
Unable to get on with anything,
But made his mark for someone else to see.

たくさんの夫が去って行き、たくさんの妻が去って行った。

22　シグマ

何か書こうとしてもさっぱり書けない、
書きかけては捨て、書き損じの反故をひっくり返し、ふと、
陶片を入れた箱を一つ引き出す、いろいろな物が
積み上がった中から。そうしたいから
というより、箱がそこにあるから——
中には陶片がいくつか、拾った場所は
かつて暮らしたリビアの陶片の堆積の山だった、
かきならしてから、カップを一つとり出す——
持ち手は壊れていて、縁が欠けている。
そして、はっと気づくと、がらくたの中に
こんどはかけらに、Σの文字が刻まれたのがある、
シグマ、すなわちギリシャ語のＳが書きなぐられている。考えてみる、
その字があったのは、単語の始めか終わりか、
何かの省略だったのか、
所有者の頭文字か、それともただのなぐり書きか、
書いたのは、紀元前450年のある日、
今の私のように時間を無駄に過ごした誰か、
何をやってもさっぱりうまくいかない誰かが、
他の誰かに見てもらうために書き残したのだ。

23 *Cockroach Story*

'The reason for a cockroach in a story must differ from the reason for a cockroach in a kitchen.'

Leon Wieseltier, *TLS*

It was not home. It was in Tokyo
At half-past ten at night or thereabouts.
I went into the kitchen, flicked the switch,
And saw him crouching on the table's edge.

He was enormous, brown, and very still.
His feathery branches waited, so it seemed,
For further movement, and for me to move.
We looked at one another very hard.

He did not move, nor did I, watching him.
The jet-lag left me drowsy still, though sleep
Seemed far away, as I was far away.
I studied him as if in Japanese.

Aburamushi is the name for him
I suddenly remembered, wondering
What *abura* means: *mushi* is 'insect' or
A dozen other things in Japanese,

23 アブラムシ物語

「話の中のアブラムシの存在意義は、台所の中のアブラムシの存在意義とは異なるにちがいない。」
　　　　　　　　　　　レオン・ヴィーゼルティア、『タイムズ文芸付録』より。

ここは母国ではなく、東京、
夜 10 時半頃のこと。
台所に入って明かりをつけると、
いたのだ、テーブルの端にうずくまって。

巨大なヤツだった、茶色で、身じろぎひとつしない。
ぎざぎざした触覚がじっと待機しているように見えた、
次の動作に備え、私がどう動くか見定めようとして。
われわれは、じっとにらみ合った。

相手は動かず、私も動かず、じっと見守る。
時差ボケのせいでまだ頭は重いが、眠気は
遠くに感じられた、母国から遠く離れているように。
私は相手について考察した、まるで日本語でするように。

その名はアブラムシ、とつぜん思い出した、
だがアブラとは
何だったか。ムシは「昆虫」、
ほかにも日本語でいろいろ意味があり、

Such as a kind of soup, both clear and poached.
This cockroach, though, was more a samurai,
Plated and helmeted and plumed and proud.
I faced him as a common yokel might,

Lest he should shove me sideways with his sword,
Or leap across the tabletop and land
Bristling with fury in my sweating hair.
It was a hot September night, and I

Was tired of travel. 'I'll get it over with –
This stinker from the floorboards makes me sick,'
I thought, 'and I am sick of fantasy.'
I took one slipper off and lunged at him.

He skidded off the table, hit the floor
With a soft slushy plop, and sidestepped back
Towards the sink. I threw myself full-length
And smashed him with the slipper, and crouched down.

His scales fanned out. He bled onto the boards,
Gave half a shrug, and then lay still and dead.
I wiped the slipper with a newspaper,
Rinsed both my hands, and groped my way to bed.

たとえばスープの一種で、澄んだ汁の（茶碗）蒸し。
だがこのアブラムシは何にもましてサムライだ、
甲冑に身を固め、羽飾りをつけ、誇り高い。
立ち向かう私は卑しい田舎者然として、

どうする、相手は私を刀で払いのけるか、
テーブルを飛び越え、怒りに総毛立って
飛び降りるかもしれない、私の汗ばむ髪の上に。
9月の暑い夜だった、私は

旅で疲れていた。「やっつけなきゃ——
床板から這い上がってきやがって、むかつく奴だ」
「バカも休み休み言え（サムライでなんかあるものか）」そう思って
片方のスリッパを脱ぎ、奴を目がけて一撃お見舞い申す。

相手はテーブルを横滑りして、床に落ちる、
軽くぐしゃっと音を立てて。それでも流しの方へ
逃げようとする。私は全身を投げ出し
相手をスリッパでひっぱたいて、かがんだ。

羽がつぶれて広がる。床板に血を流し、
肩を半ばぴくりとさせると、動かなくなる、死んだのだ。
スリッパを新聞紙で拭い、
両手を水で濯ぎ、ふらふらと寝床に戻る。

That is the story. This is the poem, told
In metre, with a rhyme to end it all.
The reasons for the cockroach, or the poem,
Or why I've told the story – who can tell?

A cockroach in a kitchen is the truth.
A cockroach in a story may be lies.
The insect was both noble and uncouth.
The writer makes a life from mysteries.

24 *Together, Apart*

Too much together, or too much apart:
This is one problem of the human heart.

Thirty-five years of sharing day by day
With so much shared there is no need to say

So many things: we know instinctively
The common words of our proximity.

Not here, you're missed; now here, I need to get away,
To make some portion separate in the day.

And not belonging here, I feel content
When brooding on the portion that is spent.

話はそこまで。これはその詩で、
韻律をつけ、最後の4行には脚韻までつけてある。
アブラムシの存在意義とは、詩の存在意義とは、
私がこれを物語る意義とは——誰にもわからない。

台所にいたアブラムシは実在だ、
話の中のアブラムシは虚構かもしれない。
あのムシは高貴でもあり卑しくもあった。
詩の作者は神秘から生命を紡ぎ出す。

24　つかず離れず

近過ぎるか、離れ過ぎか、
人の心にとってこれが一つの問題だ。

分かち合う日々を重ねて35年、
あまりに多くを分かち合った、多くを口に出して

言わずとも、本能的にわかるのだ、
近しい者どうしの共通のことばが。

あなたがここにいないと、さびしく、いれば、離れる必要がある、
一日のうち、少しだけ別々に過ごすために。

いま異国での旅先だが、満足に思う、
別々に過ごす時間に思いを馳せるとき。

Where everything is strange, and yet is known,
I sit under the trees and am alone,

Until there is an emptiness all round,
Missing your voice, the sweet habitual sound

Of our own language. I walk back to our room
Through the great park's descending evening gloom,

And find you there, after these hours apart,
Not having solved this question of the heart.

25 *Potter*

He took a lump of clay,
Squatted above his wheel,
Threw it a certain way,
Spun it till you could feel
His thumbs splay out the rim
And spin and spin and spin,
Then pulled, and pressed, and let
The clay become a jet
Rising, controlled by air,
Then let it go; and there,
Below the plume of clay,

すべてが目新しく、しかもよくわかっていて、
樹木の下に座り、ひとりで過ごす、

そのうち、まわりのすべてが空しく思え、
あなたの声が恋しくなる、二人が共有する言語の

あの優しいいつもの響きが。二人の部屋へ歩いて戻る、
夕べの薄暮が垂れ込める広い公園を通って、

部屋にはあなたがいる、この数時間離れて過ごしたあと、
人の心の問題は未解決のまま。

25　陶工

陶工は粘土の塊をとると、
ロクロの上にうずくまり、
回して形をつくりはじめる、
見る者にも伝わる
親指で縁を広げていく感触、
そしてクル、クル、クルと回す感触、
やがて引き伸ばし、そして押しすぼめると、
粘土は勢いよく隆起して
空気にコントロールされる筒口となる、
やがて陶工は手を離す。その
翼のように広がる粘土の下で、

Cut it and made it stay
Perfect, a moulded bowl.
Three more grew from the whole
Pillar of clay, and lay –
Accomplishments, and final.
                                    Till he took
These four perfections like a finished book
And closed the pages with his open hands,
Collapsing clay back into clay. His smile
Mocked at the skill he nullified, while
Only the shapeless lump remains and stands.

26 *Recreational Leave*

They have come back. The next lot is in,
Landing at the port. Soon they will be here,
Some a little bit drunk, some a lot drunk,
With their money, their condoms, their loud pink faces.

They will be here soon. I tidy up the place,
Making the mattress nice, hanging the curtain
Just in the right place, bringing the water
So they can have a wash before it begins.

それを切りとり、静止させると、
完璧な茶碗ができていた。
さらに三個が一本の
粘土の柱からつくられ、そこに並ぶ——
できた、見事な究極の姿。
　　　　　　　　　　　ところが陶工は
これら四個の完璧な品を、読み終えた本のようにとり上げ、
広げた手でページを閉ざすように
粘土をつぶして粘土に戻す。その笑みは
無に帰させた匠みの技を自嘲するかのよう。あとには
ただ形無き塊が残るのみ。

26　慰安休暇

連中が帰ってきた。次の一団が着き、
港に上陸中だ。じきここに来るだろう、
ほろ酔いもいれば、ひどく酔ったのもいる、
お金があってコンドームを持った、騒々しい赤ら顔の連中。

じきここに来るだろう。部屋を片付け、
布団を整え、カーテンを
正しい位置に吊るし、水も持ってきておく、
はじめるまえに洗えるように。

And afterwards too: they like to have a good wash
Before and after. I put out a tray with two cups,
Which some of them will fill with whisky or beer
And some of them will not. I want to make them happy.

Some of them are happy already, but I hope not too happy.
I don't want a lot of noise, or slapped faces,
With my baby here close by under the netting.
On a good night, I can have maybe ten of them in

With their money, their condoms, their loud pink faces,
And no trouble at all, if they are not too happy
With whisky or beer or whatever they want to do
To show they are proper men and enjoying themselves.

Nobody wants any trouble. Anyway, I don't.
If they are happy, and pay, and go away,
I shall be happy. My aunt will be happy too.
I put on my good dress, and wait for the sound

Of their funny voices banging about outside,
And try to guess what sort of a night it will be.
Baby, be quiet. I am here. I am fifteen.
This is the way I live, on the edge of the port.

それから終わったあともだ。みんなよく洗いたがる、
まえもあとも。二つコップを載せた盆を置く、
ウイスキーかビールを注ぐのもいるし
飲まないのもいる。楽しくやらせてやりたいのさ。

はじめっから楽しいのもいるけど、はしゃぎ過ぎるのはご免さ。
大声を上げたり、顔ひっぱたいたりはいやよ、
そばにはアタシの赤んぼが蚊帳の中で寝てるんだから。
いい時は一晩で、たいてい10人くらいは取れるね、

お金があってコンドームを持った、騒々しい赤ら顔の連中、
へっちゃらさ、はしゃぎ過ぎないならね、
ウイスキーやビールが入って、あれこれやりたい放題して、
そしたら、お行儀よく楽しんでます、って言えないでしょ。

誰だって問題はまっぴらさ。とにかくアタシはね。
連中が楽しんで、お金を払って、帰っていけば、
アタシは満足。伯母さんも満足さ。
きれいな服着て、じっと待つ、

連中が来て、奇妙な声をはり上げて外でさわぐのを、
そしてどんな夜になるのか想像してみる。
いい子ね、静かにしてね。アタシここにいるわよ。アタシは十五。
これがアタシの生きる道、港のはずれで生きていくのさ。

27 *September 3rd 1939: Bournemouth*

My summer ends, and term begins next week.
Why am I here in Bournemouth, with my aunt
And 'Uncle Bill', who something tells me can't
Be really my uncle? People speak
In hushed, excited tones. Down on the beach
An aeroplane comes in low over the sea
And there's a scattering as people reach
For towels and picnic gear and books, and flee
Towards the esplanade. Back at the hotel
We hear what the Prime Minister has said.
'So it's begun.' 'Yes, it was bound to.' 'Well,
Give it till Christmas.' Later, tucked in bed,
I hear the safe sea roll and wipe away
The castles I had built in sand that day.

28 *Evacuation: 1940*

Liverpool docks. The big ship looms above
Dark sheds and quays, its haughty funnels bright
With paint and sunlight, as slim sailors shove
About with chains and hawsers. Mummy's hand
Is sticky in my own, but I'm all right,
Beginning an adventure. So I stand
On a deck piled high with prams, the staterooms shrill

27　1939年9月3日、ボーンマス

これでぼくの夏は終わり、来週からは新学期。
なぜぼくはボーンマスにいるのか、伯母さんと
「ビルおじさん」といっしょだが、第六感で
ほんとは伯父さんじゃなさそうだ。大人たちは
ヒソヒソ話しているが、興奮気味だ。浜辺では
飛行機が海の上を低空で飛んで来て、
人々があわてふためいてタオルやピクニック用品や本を
取りに行き遊歩道へと
逃げて行く。ホテルに戻ると
首相談話で持ち切りだ。
「ついにはじまったか」、「そうだ、こうなるしかなかった」、「だが、
クリスマスまでにはケリがつくさ」。夜になって、ベッドにもぐると、
平和な海の打ち寄せる音が聞こえる、押し流されているだろう、
ひるま浜辺につくった砂のお城は。

28　疎開、1940年

リヴァプールの波止場。見上げるほど大きな船が
黒ずんだ倉庫と桟橋を見下ろしている、そそり立つ煙突がきらきらと
ペンキと太陽に輝き、細身の水夫が行き交う、
鎖と大綱を引っぱりながら。母さんの手が
ぼくの手の中でじっとりしているが、ぼくは平気だ、
冒険が始まるのだ。だからぼくはキリッと立つ、
甲板にはうず高く乳母車が積まれ、特等船室では甲高い

With mothers' mutterings and clasped babies' cries.
I squirm and tug, ten years impatient, till
Loud hootings signal something…The surprise
Of hugging her, feeling her face all wet:
'Mummy, you're sweating.' They were tears; not mine.
She went away. I was alone, and fine.

Pleasure, and guilt. Things you do not forget.

29 Maturity: 1944

A son, fourteen, home to father and mother
After four years away. The one who went
A child, this one returning as a man
Almost: his voice broken, speaking American.
He was their son, but somehow now another:
The years of absence forced them to invent
New habits for this foreigner.
                              So then
The father, fooling about, faced up to the boy,
Put up his fists: they could behave like men
In manly parody. And the son, to join in the game,
Put his up too, pretending they were the same,
And struck. The father's nose gushed out with blood.
The son watched, appalled. And never understood
Why his father leapt, and cried, and cried with joy.

母親たちのおしゃべりと抱かれた赤んぼうの泣き声が聞こえる。
ぼくはもじもじそわそわ、十歳だからいらいらするが、そのうち
大きくボーボーと鳴る汽笛は何かの合図……思わず
母さんを抱きしめると、顔がびっしょり濡れている。
「母さん、汗かいているよ。」涙だった、ぼくのじゃない。
母は去って行った。ぼく一人だけになったが、平気だった。

入りまじる快感とやましさ。いまでも忘れることはない。

29 成長、1944年

息子は14歳で父母のもとに帰って来た、
4年親元を離れていたあとで。行ったときは
子ども、帰って来たいまはほとんど
大人だった。声変わりして、話すのはアメリカ英語。
たしかにわが子だが、何となく今はどこか違う。
不在の歳月の結果、両親はこの異邦人のために、
何か新しい習慣を考え出さなければならない。
　　　　　　　　　　　　　　　　　そこで
父親はふざけながらわが子と向き合い、
拳を突き出した。二人とも男らしく振る舞えるはずだ、
男同士のまねをして。息子は冗談を受けて立ち
自分の拳を突き出し、力は互角のつもりで、
一発お見舞い。父親の鼻から血が迸る。
息子はただ見守る、うろたえて。まったくわけが分からない、
なぜ父親が躍り上がって叫ぶのか、喜びの叫びを上げるのか。

30 *Snakes (Virginia, 1940)*

Down in the creek, snakes:
Snakes in the opposite wood.
There were snakes everywhere.
This was new. This was good.

At home in England, snakes
Were pets in a glass cage.
Here they slipped free, and swam.
This was a golden age.

Most folk I knew hated snakes,
Shrank if I brought one back
And let it run over my arm
Or gathered and then lay slack.

Whipsnakes, cornsnakes, snakes
Swollen, and black, and green,
Crept through my days and nights.
This was the primal scene.

And there were other snakes,
Ones to be cautious of:
Cottonmouths, copperheads, once
A rattler I saw in a grove.

30　ヘビ（ヴァージニア、1940年）

あの小川にヘビが。
向かいの森にもヘビが。
到るところにヘビがいる。
新鮮な体験。すばらしい。

故郷イギリスでは、ヘビは
ガラスの箱で飼うペット。
アメリカではヘビは自由に這いまわり、泳ぐもの。
まるで黄金時代だ。

ぼくが知っている人たちはたいていヘビが嫌いで、
縮みあがった、ぼくがヘビを持ち帰り
腕の上を這わせたり、
とぐろを巻いて、ジッとさせたりしていると。

ムチヘビ、アカダイショウ、獲物で
膨らんだヘビ、黒いのも、緑のも、
ぼくから離れなかった、昼も夜も。
これは原初の光景だった。

ヘビは他にもいた、
気をつけないといけないのが。
ヌママムシ、アメリカマムシ、一度は
ガラガラヘビを森で見た。

How to account for these snakes
In a boy uprooted at ten
In a war that spanned a world
He would not see again?

Eden did not have snakes:
Only one snake, it is said.
We know what that single snake
Did. Or so we have read.

I had not read it then.
All I knew was I loved the things.
Years on, I call them all back,
Sinuous rememberings.

31 *Changing Ties*

Changing my tie in the lavatory
From black to flowery,
In the train from the funeral
Travelling south to the wedding,
Having said farewell
To the dead and preparing a greeting
To those about to be married –

これらのヘビをどう説明したらよいのだろうか
二度と見ることのない世界を
覆いつくしている戦争のため
十歳で母国から引き離された少年の中で。

エデンの園にヘビはいなかった、
たった一匹を除いては、と言われる。
みんな知っている、あの一匹のヘビが
したことを。というか、そう本で読んだことがある。

当時のぼくは読んでいなかった。
ただヘビが好きだった、それだけのこと。
時を経て、あれらすべてを思い出す、
くねくねとした記憶すべてを。

31　ネクタイをとり換える

洗面所でネクタイをとり換える
黒から華やいだのに、
葬式帰りの電車が
南に向かう先は結婚式、
今しがた別れを
故人に告げたばかりでこんどは挨拶を考える
これから結婚する二人に——

In the same dark suit appropriate to either
One or the other,
Only the fancy tie is different,
A quick metamorphosis
Scarcely planned or meant:
Leaving what was, moving towards what is,
The past, the present, the living, the dead.

32 *Watching*

Old mothers, their time running out, when time doesn't matter,
Keep on consulting their watches, as if puzzled how time
Runs on, even when
Meals arrive on time, and each day a different carer
Arrives and takes over:
Even then
They look at their watches again and again and again.

Again and again and again they look at their watches,
As if puzzled how time runs on and on and on
Even when meals arrive
On time, and each day a different one
Arrives and is eaten:
Still alive,
Old mothers, when time doesn't matter, time running out.

黒いスーツは同じだがどちらにも合う、
葬儀にも結婚式にも、
ただ華やかなネクタイだけが違う、
すばやい変身は
計画したものでも意図したものでもない。
過ぎたことをあとにして、今あるものへと向かう、
過去、現在、生ける者、死せる者。

32　いつも見ている

老いた母たちは、時間は残り少なく、もう時間はどうでもよいのに、
時計をいつも見ている、不思議なのだろうか、時が
流れつづけるのが、いつも
食事は時間通りに届き、毎日ちがう介護士が
やって来て引き継ぐのに。
それでも
老いた母たちは時計を見る、何度も、何度も、何度も。

何度も、何度も、何度も、老いた母たちは時計を見る、
不思議そうなのだ、時が流れ、流れて、流れつづけていくのが、
いつも食事が
時間通りに届き、毎日ちがう食事が
届いてそれを食べるのに。
今日も元気な
老いた母たち、もう時間はどうでもよく、時間は残り少ないのに。

33 *How to Behave*

Alex is almost four, and knows ways to behave.
'Being silly' is not one of them.
He knows his Grandpa shouldn't be like this.

Kicking my feet up, pulling a face,
Putting on funny voices – this is 'being silly',
And Alex hates it, wants to tell me so.

So he takes his Grann off, and says to her:
'Please let me talk to Grandpa by myself'.
He tells me what he has to say. I promise.

And so I am not silly. I know how to behave,
At least in front of Alex. How to behave
Elsewhere is something I have still to learn.

33 お行儀よくする

アレックスはもうじき四歳になるが、お行儀がいい。
「ふざける」のはお行儀に反することの一つだ。
ジイジはこんなことをしてはいけない、と知っている。

足を蹴り上げたり、アカンベーをしたり、
変な声を出したりする——これが「ふざける」ことで、
アレックスはそれが大嫌いだ、そう私に言いたいのだ。

そこでバアバを脇に呼んでこう言うのだ。
「ジイジとひとりでお話しさせて。」
そして私に言うべきことを言う。私は、もうしない、と約束する。

そういうわけで私はふざけない。お行儀よくするのだ、
少なくともアレックスの前では。他所でお行儀よくするかどうか、
それはそのときになってみないとわからないが。

34 *The Art of Poetry: Two Lessons*

I

Write in short sentences. Avoid
Unnecessary breaks. Strictly control
(Or totally eliminate) the adverb.
Eschew such words as 'myriad'. Adopt
Current demotic, yet be wary of
Brand-names, and proper-names
Limited by time. The Latinate
Is out, except for satire.
Ease yourself into the vernacular.
If you are male, try to forget the fact:
If female, use the fact as document –
It will allow you entry as yourself.

These are beginnings: when you have begun,
Forget the lot, and try to swim alone.

II

Travel. Hot countries. Half an anecdote,
The other half left to imagined things.
Of these you will not speak. Strew here and there
Stray relatives – your people people poems.
In the alembic, scatter something rough,
Not easily digested. Let the mix
Come to the boil, cool off.
Hint urgency, but not in too much a hurry.

34　詩の技法──二つの教訓

I

文は短く。避けるべきは
不必要な切れ目。厳しく制限する
（あるいは完全に省く）べきは副詞。
「無数の」などの言葉は避ける。使うべきは
今使われている庶民の言葉だが、用心すべきは
商標や固有名詞で、これらは
流行廃り(はやりすた)が激しい。ラテン語起源の
言葉は使わない、諷刺は別として。
日常語を気軽に使えるようにすること。
もし男なら、その事実を忘れることだ。
もし女なら、明記すること──
ありのままの自分で通せるだろう。

これらは序の口。緒に就いたら、
みんな忘れて、自己流でいくことだ。

II

旅をせよ。暑い国々がよい。半分は逸話を書き、
もう半分は想像に任せて書く。
想像だと言わないこと。ところどころに身内のことを
混ぜて書く──身内が詩の材料になる。
蒸溜器の中に、粗いものも混ぜること、
容易に消化されないものを。混ぜたものを
沸騰させ、冷却を待つ。
緊急性をほのめかしつつも、あまり急いてはならぬ。

All these are precepts, and not recipes.
Whoever lays down laws lays down his head
On reputation's stiff, objecting block.

The aspirant asks, 'Why, if these things are so,
Have you not done them?' And I reply,
'The very fact you ask will tell you why'.

35 *Summer of 2003*

Hearing Jack's saxophone and Will's guitar
This June evening, almost the longest day
So that up there a single star
Dissolves in distant sunlight, there's delay –
If only for an instant – of the end
I must reach. In this music, they suspend
My life, and lift it up, and hold
Whatever has grown old,
And rinse it clean, and make it new and clear.

And yet their music is as far away,
Almost, as that midsummer star to me,
However well they play
This long light evening, spilling out their free
Syllables of skill and being young.

これまで言ったことはすべて教訓だが、処方ではない。
掟を定める者は誰しも首を曝すことになる、
手強く敵対的な世評の断頭台に。

詩作を志す誰かが尋ねる、「今言ったとおりなら、なぜ、
自分で実行しなかったのか。」私は答えて言う、
「君が尋ねること自体に、答がある。」

35　2003年の夏

ジャックのサキソフォンとウィルのギターを聴く
六月の夕べ、一年でほとんどいちばん長い一日、
空高く一つの星が
遠い陽光の中に溶けこみ、必ず私に訪れる命の終わりが――
ほんの束の間であるにせよ――
引き延ばされている。この音楽で、ジャックとウィルは
私の命を引き留め、高め、
古くなったところを支え、
洗い浄め、新しく晴れやかにしてくれる。

それなのに、二人の音楽が遠く感じられる、
ほとんどあの夏至の夕べの星と同じほど遠くに、
二人がどんなにうまく演奏しても、
この暮れなずむ明るい夕べに、技と若さを
自在に音節としてまき散らしているのに。

Some dull thing weighs me down, my tired tongue
Limps in its utterance, goes dumb
Where all the others come
Singing and dancing, growing, separately.

36 *The Space Between*

Tonight I heard again the rat in the roof,
Fidgeting stuff about with a dry scuff,
Pausing in silence, then scratching away
Above my head, above the ceiling's thin
Skin that separates his life from mine.

So shall I let him be, roaming so narrowly
In a few finger-widths of carpentry?

The evening passes by. I sit and write
And hear him skittering here and there, in flight
From nothing. Maybe he hears
My scratching pen, my intermittent cough,
Below the frail thin lath that keeps me off

From harming him, as it too keeps him there,
Heard but unseen in narrow strips of air.

つまらぬことが私を落ち込ませ、疲れた舌は
言葉がもつれ、押し黙ってしまう、
ほかのみんなが集まり、
それぞれに、歌い踊り、成長しているのに。

36 すき間

今夜も聞こえた、屋根裏のネズミ、
かじり滓を撒き散らし、カサカサと耳障りな音を立てる、
ピタリと静かになると思うと、やがてまたガリガリとつづける、
私の頭上、薄い天井板の上、その薄い
板がネズミと私の生活空間を隔てている。

放っておこうか、わずか数センチの
この狭い木でできた空間でうろちょろするままに。

夜は更けていく。座って書き物をしていると
あちらこちらと走り回るのが聞こえる、何かから
逃げようとしているわけでもあるまいに。もしや、聞こえているのか、
私がペンを走らせる音や、ときどき咳をする声が。
脆くて薄い板に隔てられ、下にいる私は

手出しはできぬが、あいつも上の狭いすき間に閉じこめられて、
音はすれども姿は見えぬ。

37 *Going Out*

Light bulbs, parties, jaunts, the final things –
The last most thought about at eighty-four,
Now as I gingerly change one of the first.
As for the second and third, not much these days,
Lacking an appetite for either. Drink –
A pale dilution, watered wine; no taste
For bad behaviour, mad hilarity,
Or staying up too late.
                       Or fashions, either –
I never paid attention to such things,
Not noticing when skirts went up or down,
Or poets began each line with lower case.

Last orders, ending up, or final things –
All titles with a flavour of last words,
All leading up to this one: going out.

37　退出

電球、パーティ、気晴らしの小旅行、人生の最期——
最後のことをいちばん考える、84歳ともなると、
いまや、電球を取り換えるのも慎重な手つきだ。
パーティや小旅行は最近ではあまりなく、
どちらにも意欲が湧かない。酒は——
色の薄い、水で割ったワイン。したいとも思わない、
不品行も、馬鹿騒ぎも、
夜更かしも。
　　　　　　　流行にも興味なし——
もともと注意を払ったこともない、
スカートの長さが変わることや、
詩人が行の冒頭を小文字で書き始めるようになったことも。

ラスト・オーダー、終活、人生の最期——
どの作品のタイトルも、これが最後のことばという気配がする、
どれもこの詩のタイトルへと連なる——退出。

38 *Ripon: April 1918*

Under those eaves
In Borrage Lane,
Taking his leave
Snatched for a few hours,
Trying to catch the true tone
Of what he had known
And would go back to soon,
Above all Above all
Not concerned, scratched out, restored,
Each considered word
Above all, I am not concerned
With Poetry
And the blossom like confetti
The Poetry is in the pity.

38　リポン——1918年4月

あの軒下の
場所はボリッジ通り、
オーウェンは休暇をとり
束の間の数時間、
どう表すのが最適か模索する、
すでに体験し
間もなく戻っていく戦場のことを。
「とりわけとりわけ」
関係ないと書いては、線で消し、またもとに戻し、
考え抜かれた一語一語
「とりわけ、私には関係ない、
詩なんか」
そして紙吹雪のようにヒラヒラと散る花
「詩は悲哀の中にある。」

39 *Tongues*

So many words, fragments of language, sounds
Fractured, diffused, shifted, made obsolete,
Suppressed, remoulded, or sent underground,
Hieratic gestures, chatter in the street –

And here assembled, once, early that day
When many came, the squandered and the lost,
With broken words and whole, to rave and pray,
And Babel reconciled in Pentecost.

40 *History Lesson*

The king went into exile. Little blood was shed.
Peace came and smiled at us. New schools were built.
Thanks were extended, fervent prayers were said.
No one throughout the land felt any guilt,
For none had sinned.
                    And soon there came the day
They told us it was *we* should make the laws,
New promulgations, pristine ways to say
This was the truth, that was the wicked cause.

39　言葉

おびただしい数の単語、言語の断片、音声が
割れ、バラバラに飛び散り、変異し、使われなくなり、
禁止され、つくり変えられ、あるいは隠語となり、
聖職者の身振り手振りや、街角のおしゃべりとなる──

ここで一堂に会したのだ、あの時、あの日朝早く
たくさんの言葉が集まったのだ、空費されたもの失われたもの、
くずれた言葉も完全なものも、喚いたり祈ったりするために、
そしてバベルは和解した、聖霊降臨祭において。

40　歴史の教訓

国王は追放された。ほとんど血は流されず。
平和がやって来てわれわれに微笑んだ。新しい学校が建てられた。
謝辞が述べられ、熱心な祈りが唱えられた。
国中、誰も罪悪感を感じなかった、
誰も罪を犯してはいないのだから。
　　　　　　　　　　　　　　　やがてその日が来て
告げられた、「われわれ」が法律をつくり、
新たに公布すべきだと、こちらの主義主張が真理で
あちらは邪悪だったと言いくるめる原始的手口で。

And then the righteous stood in judgement, doors
Opened and closed to keep the prisoners in.
Gallows went up, the true-in-heart's just cause
Wiped out the whole mistaken opposition.

And so the land was cleansed as blood was shed.
Our leader smiled at us. Prisons were built
Across the desert while our prayers were said.
No one throughout the land felt any guilt

For all the sinful were in jail, or dead.

やがて正しい人々が裁きを行ない、獄門が
開閉し、囚人を幽閉した。
絞首台が建てられ、心正しい人々の正義が
立場の異なる者たちすべてを根絶やしにした。

かくして国土は流血のうちに浄められた。
為政者はわれわれに微笑みかけた。監獄が建てられた、
砂漠の全土に、われわれの祈りが唱えられる間に。
国中、誰も罪悪感を感じなかった、

なぜなら罪人はすべて獄中か、死んでいたから。

41 *Annunciation*

Why was he here
Filling the room
With light, and fear
Filling her womb?
What was he saying
Under his wings
As she was praying?
Impossible things:
Promise of birth,
God as the father,
Heaven and earth
In human feature…
What could she say
But bow her head
As he went away
With so much not said.

'My soul doth magnify…'
She whispered there,
'The Lord have mercy'
In the bright air.

41　受胎告知

なぜあの方はここにおられたのか
部屋を光でいっぱいに
満たして、その女(ひと)の
胎内を怖れで満たして。
あの方は何と言われたのか
広げた翼の下で
その女(ひと)が祈る間。
あり得ないこと、
生誕の予告、
父は神にして、
天と地が
人の姿をして……
その女(ひと)に何が言えよう
ただ頭を垂れるしかない
あの方が飛び去ったとき
多くを語らぬまま。

「わが魂は主を讃美します……」
その女(ひと)はささやく、
「主よ憐み給え」
輝ける大気の中で。

42 *Libya*

Thick sand, the ghibli blowing hard,
And the flickering screen bangs back the remembered place
Now loud with shots and shouts and running men,
And I remember when
We fled that place, and felt the smell of fear,
And heard the thud of guns and saw the fire
Eat up Bedussa's timber-yard,
And the collapsed look on Saad's face
When we came down the stairs
At 3 a.m. and caught the convoy out,
And all about
The smoke and panic, nothing certain, till
It all comes round again
But it is now, not then:
Nineteen sixty-seven
Shrinks to this flickering screen,
Is now, and loud with shots and running men,
And shouts, and thick sand blowing,
The ghibli blowing hard.

42　リビア

濛々たる砂嵐、吹きまくる熱風、
明滅する画面が見覚えのある場所をやきつける
いま鳴り響く銃声と叫喚と逃げまどう人々、
あの時のことを思い出す
あの場所を逃げ出し、恐怖の匂いを嗅いだ、
聞いたのだ、ドーンと重く轟く砲声を、見たのだ、火が
ベドゥーサの材木置き場を舐めつくすのを、
もうダメだというサードの顔を。
階段をかけ降りたのは
午前3時、護衛されて外に逃れたが、
あたり一帯は
煙とパニック、すべてが不確実で、ただ
確実なのは歴史が繰り返すこと、
だがこれはあの時でなく、いまなのだ。
1967年が凝縮される、
いま明滅する画面に、
いままさに、銃声が鳴り響き人々は逃げまどう、
叫喚と、そして荒れ狂う濛々たる砂嵐、
吹きまくる熱風。

43 *Waiting In*

They promised to deliver. So I wait
All day, and listen for the bell. The hours
Go by from morning until noon, and late
Into the afternoon. Nothing arrives.
The time drifts off in bits like vanished lives.
The windows show dark clouds like distant towers.

A bruised June sky. My birthday came and went.
Now I wait in, have nothing else to do
Except to wait and let the time be spent
In counting minutes, restless, fidgeting,
Unable to get on with anything,
Watching the traffic down the avenue.

Now it's too late. Nothing will come today.
A waste of time, a whole day gone like this,
Emptily, with such trivial delay
Nagging at age and irritation. When
I draw the heavy curtains, restless, then
The waiting-in slips into sleeplessness

And a whole day of waiting starts again.

43 待ちぼうけ

届けるとの約束だった。だから私は待つ、
一日中、そしてベルに耳を澄ます。何時間かが
過ぎ、朝が昼となり、午後も
遅い時間となる。何も来ない。
時がバラバラに彷徨う、亡霊のように。
窓から、黒雲が遠くにある塔のように見える。

傷ついた６月の空。私の誕生日が来て過ぎていった。
じっと待つ、他にすることもない、
ただ待ちつづけ、時をやり過ごすだけ、
何分経ったか数え、そわそわと、苛つき、
何ごとも手につかず、
表を行き交う車を眺めながら。

もう遅すぎる。今日の配達はもう来ない。
時間の無駄だ、こうして丸一日が過ぎてしまうのが
空しく、些細な配達の遅れが
年寄りの神経にさわりいらいらさせる。そして
落ち着きなく、重いカーテンを閉めると、
待ちぼうけが眠れぬ一夜へと移りゆき

そしてまた待ちつづける一日がはじまる。

44 *Credo*

Yes, I believe, but what do I believe?
Leave out the bits conveniently that stick
Stiff in my throat and seem much too absurd,
Or look too much a conjuror's bad trick,
All those measurements of Arks (Noah's and Covenant's)
As if they mattered, Paul laying down the law unyieldingly,
Or churches filled with soft moans and cheery ditties
Like some third-rate American musical,
Waugh's 'chapter of blood-curdling military history',
And bleating synods bickering over women…

The objections are so many, the stumbling-blocks
Trip me at almost every turn, until
Exhaustion makes me silent. Dare I say:
Yes, I believe, because despite all that
It's true and trusted, and I hear him speak
Clear in his mysteries direct to me?
The accusers come to demand his rough judgement.
He scratches something in the dust, and finds
The woman taken in adultery standing there
Alone, and the accusers crept away
Knowing their guilt, knowing their impotence.

44　私は信ずる

はい、私は信じます、だが何を信ずるというのか？
とても信じがたい不合理なことや
まるで手品師の下手な手品のように見えること、
これらは除外してもらうと好都合だ、
さも大事そうに述べられるノアの方舟や契約の箱の
詳しい寸法、パウロが頑なに定めた法律、
呻くような祈りや陽気な讃美歌で溢れかえる教会、
まるで三流のアメリカのミュージカルのようだ、
あるいはウォーの「身の毛もよだつ戦史の章」、
そして女性叙任の件で群羊のようにかしましく口論する教会会議……

ひっかかるところが多すぎる、いたるところ
足をとられてつまずき通し、ついには
精根尽き果てて黙るしかない。いっそ言ってしまおうか、
はい、私は信じます、いろいろ問題はあるが
それは真実で信じられている、そしてその人の声が聞こえる、
はっきりと神秘を通して私に直に語りかけるのが、と。
弾劾者たちがやってきて、その人の厳しい裁きを求める。
その人は何か地面に書いている、そこには
姦淫の罪に問われた女が
ただ一人立ち、弾劾者たちはこそこそと逃げ去った
みずから疚しいところのある身で、何も言えぬと知って。

The gentle riddles of the parables,
That last great cry high on the bloody cross,
The stone rolled back, and Mary suddenly
Knowing his voice, and all the voices raised
At Pentecost in those alien tongues,
Appearing, disappearing, going on,
The bread and wine, the simple reached-for things
So difficult to swallow. Yet I believe.
'Lord, I believe: help thou my unbelief'.

45 *Prologue to an Unfinished Posthumous Poem*

> While every day my hairs fall more and more,
> My hand shakes, and the heavy years increase –
>   Browning, *Cleon*

I am beginning now a late work,
Possibly my last, as I sit here in my pain
Trying to prod the fire into action.
What I have in mind, among other things,
Is an accurate catalogue of my contemporaries,
Sparing nothing, as a record of these times
When fatuous reputations far and wide
Are made by hard careerists and soft triflers.

寓喩にこめられた心癒される謎、
あの血塗られた十字架の上での最後の重く心を打つ叫び、
墓石が開き、聖母マリアは突如
わが子の声と知る、そして聖霊降臨祭に
異なる民たちの言語が入り混じる声が高らかに、
聞こえ、消え、続いていく、
パンと葡萄酒、単純で高尚な象徴は
容易には信じがたい。しかし私は信じる、
「主よ、われ信ず、わが不信を助け給え。」

45　未完の死後出版の詩への序詩

　　日々毛髪は抜け落ち、
　　手は震え、寄る年波は重く——

ブラウニング『クリオン』

晩年の作品をこれから書こうとしている、
たぶん最後となるだろう、いま痛む身体で座り
暖炉の火をつついて燃え立たそうとする。
頭にあるのは、なによりも、
同時代作家の正確な目録で、
なに一つ容赦せず、この時代を記録すること、
いまはあまりにも虚名が流布している、
がりがりの出世主義者や、軟弱な遊び半分の者ばかり。

The metaphor that comes to mind is 'rubbish':
They move it round from place to place each day
Shifting the smashed discarded worthless waste,
Crumpled and dusty, bits that thrown away
Crumble, turn to mush, disintegrate.
The basket overflows its bulging wires
Distended with its crap crammed down, a task
Too big for fifty sweepers and their brooms.

Or consider the forensic theory of interchange:
'It is impossible to enter or leave
A situation without leaving something behind
Or taking something away.' What will be left of these
Diurnal charlatans who leave behind a trail
Of paper droppings, like stuff gnawed by mice?
They fill the journals with their whimsies, or they glower
Stiff with their bleak tight-lipped grim rectitudes.

Well, I suppose I must now begin
To launch into this enterprise with speed
Before the reaper stretches out his blade
And takes me off without another word.
Another metaphor, another phrase
Caught in my throat. The stuff lies here so thick –
But I must try to clear the ground, and start
This record of the rubbish all around…

思い浮かぶ比喩は「ゴミ」。
作業員はゴミを毎日あちらこちらへと移して、
押しつぶされ廃棄された、無価値な廃品を運ぶ、
クシャクシャでほこりまみれの、それら断片は捨てられて
ぼろぼろになり、どろどろの塊となり、分解する。
ゴミのかごは膨らんだワイヤーから溢れる
詰まった中味でパンパンになり、これでは
50人の作業員とその箒では手に負えない。

あるいは法医学でいう入れ替えの原理を考えてみよう。
「ある場所に入って行くか出て行くかするときは
必ず何かを残していくか
持ち去ることになる。」何を残していけるのか、
毎日通ってくるズボラ清掃作業員はあとにばらばらと紙屑を落としていく、
まるでネズミのかじり滓のような。
これら屑批評は気まぐれ発言で雑誌を満たすか、あるいは
渋面で冷たい唇は真一文字、厳しい正論一点張り。

さあ、始めなければなるまい、
この企てを大急ぎで、
間もなく大鎌を持った刈り手が刃を伸ばし
有無を言わせず私を刈り取ってしまうから。
別の比喩、別の表現があるのだが、
喉につかえて出てこない。がらくたがここに溜っている——
まずここをきれいにしよう、それから
そこらじゅうのゴミの記録を書き始めよう……

46 *For Peter Porter*

'A troubled Deist' – so you said,
With that shrugged grin and tilted head,
Sharp self-defining. Now you're dead,
      Those words come back.
You lay exhausted on the bed.
      On the soundtrack

Some stuff you called 'just music', not
Your masters Bach and Mozart, what
The thing pumped out – not utter rot
      Yet not front-rank.
Meanwhile, your room was stifling hot,
      Your body shrank

Down to its elements, ready to go,
And we all tiptoed to and fro,
Your breathing heavy, painful, slow.
      Last week, you said
'You find me in dire straits', as though
      Poised to be dead.

46 ピーター・ポーターに寄せて

「悩める理神論者」――君はそう言った、
肩をすくめて笑い、首をかしげて――
的確な自己定義だ。君が逝ったいま、
　　　あの言葉が蘇る。
君はベッドにぐったりと横たわっていた。
　　　サウンドトラックから

君が言うところの「ただの音楽」が、
君の敬愛するバッハやモーツァルトではなく、
流れていた――まったくのクズではないが
　　　一級とは言えない代物が。
その間も、病室は息が詰まりそうに暑く、
　　　君の体は縮んで

元素に還り、すぐにも逝きそうな状態で、
われわれは足音を忍ばせて行き交った、
君の息遣いは重く、苦しげで、間遠だった。
　　　先週、君は言った、
「見ての通り、おれはもうだめだ。」まさに
　　　死の瀬戸際にあるかのように。

Yet with a firm contemptuous snort
You'd told me when I'd asked what sort
Of sending-off you maybe thought
    Would be the best –
'No *humanist* funeral'. In short,
    To lay at rest

In plain old-fashioned Anglican
Ritual the mortal man
Was your considered final plan,
    And now it's done.
The reading's stopped, the lines all scan,
    The race is run.

47 *Jubilee Lines*

The day the King died I was telling Pryce
To pull his socks up or he'd never get
His Common Entrance. Heronwater School
('Ten acres of Welsh parkland, healthy air,
The boys encouraged to be self-reliant')
Employed me as a temporary beak,
Poised for two terms between demob and that
Long-dreamt-of unimaginable life
Which Oxford promised. Heronwater taught
The pre-pubertal boys of prosperous

だが君は決然と蔑むように鼻を鳴らして
私の問いに答えた、
どのような送り方が
　　　　最善と思えるか――
「無宗教の葬式はごめんだ」と。つまり
　　　　死者を弔うには

簡素な昔ながらの国教会の
儀式で弔うのが
君が考え抜いた末の最善のプランだった。
　　　　そしてそれは済まされた。
司祭の聖書朗読が終わり、詩篇が韻律美しく読まれた、
　　　　君は人生を完走したのだ。

47　即位 25 周年記念の詩

国王陛下崩御の日、私はプライスを諭していた、
もっと気合いを入れるのだ、さもないと
共通試験に落ちるぞ、と。ヘロンウォーター校
(「ウェールズの 10 エーカーもある緑地に建ち、空気は新鮮、
男子生徒たちの自立心が培われる」) で
私は臨時教員として雇われていた、
兵役を除隊となってから
待ち焦がれた夢の生活が約束の地オックスフォードで
始まるまでの 2 学期だけだった。ヘロンウォーター校の生徒は
思春期前の、裕福な

Yorkshire and Lancashire to pass with ease
To Oundle, Repton, Rugby, Uppingham,
With one or two to Harrow, and a few
(Almost unmentionable) who, lacking funds,
Vanished to grammar schools. I taught them bits
Of English, History, Geography, coached teams
In rugger and athletics, took the Scouts
Out in the woods for nature trails and how
To tie a clove-hitch, half-hitch, reef and splice,
Supervised 'Numbers' (euphemistic term
For bodily evacuations, front
And back, kept carefully for the Matron's eye),
Had carnal knowledge of the Music mistress
(A woman built on megalithic lines),
Went drinking in Welsh-speaking pubs with Bill
(The Classics master and an unfrocked priest),
Discovered R. S. Thomas, whose whole work
In two slim pamphlets printed locally
I bought in Hughes the Stationers in Rhyl,
And wrote verse letters to my army friend,
Brian, a communist in Chingford. This
Was 1952, when ration-books
Were still required for sweets, when girls wore sheer
Nylons with difficult suspenders, and
Malaya and Korea took our troops
And turned them into corpses. Twenty-one,
Gloomy, ambitious, callow, veteran

ヨークシャーとランカシャーの子どもたちで、楽々と
アウンドル、レプトン、ラグビー、アッピンガムに入り、
一人二人はハローに進学し、数人程度が
（言うのも憚られるが）、学資がなくて
グラマー・スクールに消えていった。教えたのは
英語、歴史、地理を少し、それに
ラグビーと陸上のチーム指導、さらにスカウト隊員を
森の自然探索に連れ出し、
巻き結び、一重結び、本結び、組み継ぎの結び方を教え、
「ナンバーズ」（前と後ろの排泄を指す
この婉曲表現は、目を光らせている寮母に
気を遣ってのもの）まで指導した、
（身体の線が巨石のような）
女性音楽教師と肉体関係を持ったり、
ウェールズ語が話されるパブにビルと飲みに行き
（ビルは古典語の教師で還俗した元聖職者）、
R.S.トマスの詩を知り、その全詩集といっても
薄い2冊のパンフレットが地元ウェールズで出版されたものだが、
それをリルのヒューズ文房具店で買った、
そして書簡詩を書いて軍隊時代の友人ブライアンに送った、
チングフォード在住のコミュニストだ。時は
1952年、菓子を買うにもまだ配給手帳が
必要な時代で、女の子たちは透けるナイロン・ストッキングを
使いにくい吊り具で留めていた時代、
マレーや朝鮮半島に英国の軍隊が送られ
そこで屍と化した。当時21歳、
陰鬱で、野心的だが、未熟な、

Graduate of the Educational Corps,
Messing about with poetry and sex,
Getting nowhere with either, did I care
When Smythe, the Second Master, knocked and came
Into the class where I was chiding Pryce,
And said, 'The King is dead'? I can't remember,
But hear the Dead March out of Handel's *Saul*
The BBC played hour after hour
That day, and probably the next day too.
Classes were cancelled, I suppose, the Head
Held an assembly in the hall that served
As part-time chapel, where his favourite lesson
Was Sisera and the tent-peg. If I'd known
That quarter of a century afterwards
I'd be invited by a Festival
To write a poem for the Jubilee
Of the King's daughter, how would I have felt?
Impossible to say. The things that happen
And go on happening are a vaporous whirl
Of incidents and nothings, a vague flux
Soon to be memories or else forgotten,
Whether a nation's history or the sum
Total we think of as a human life,
A decade or a century, a reign,
A period, an epoch, or a day.
To catalogue the years between, to scan
My life or England's, to produce a hymn

教育部隊の除隊兵で、
詩とセックスを弄ぶが、
どちらもものにならない、えりにえって
プライスを叱っていたところへ、
教頭のスマイズがノックして教室に入り、
「国王陛下が崩御された」と告げた。よくは思い出せないが、
その日と、たぶん次の日も
BBCが延々と流しつづけた
ヘンデルの『サウル』の葬送行進曲が今も耳に残る。
たしか、授業は休講となり、校長が
臨時チャペルとなる講堂で集会を開いた
──ちなみに校長がお得意の聖書朗読は
シセラとテントの釘の物語。知る由もなかったが、
あれから25年後に、
自分が文学祭から請われて
国王の王女のために即位25周年記念の詩を書くことになろうとは。
当時それがわかっていたら、どう感じたであろうか、
見当もつかない。現世で起こり
起こりつづけることは、霞の渦のごとき
由無しごと、茫漠たる流れに過ぎず、
やがて追憶と化すにせよ、忘れられるにせよ、
それが一国の歴史であれ、人生と
考えられるものの総体であれ、
十年間か一世紀、一つの治世、
一時代、一時期、それとも一日のいずれであれ。
あの間の25年を記録する、私の生きざまあるいは
イングランドの生きざまを精査し、目的にふさわしい

Appropriate as hymns must always be –
Beyond my powers. I stand here, middle-aged,
Looking on lands I own, with children, wife,
Accumulations, publications, years
Of busyness and idleness and swarms
Of pleasures and regrets and this and that,
Alive, half-kicking when I want to kick
Which isn't often, puzzled sometimes, more
Lost in a way than that unlined young sprig
Who told off Pryce for slacking on the day
The King died, and the Dead March out of *Saul*
Thundered across the Home and Light and Third.
Dear Honorary Organiser, this
May 'have some relevance to the twenty-five
Years of the Queen's reign,' reflect 'changing patterns',
As your kind letter back in February
Suggested. That the GLC will choose
To carve these sentences 'in slate or stone
To be sited on the South Bank' I must doubt.
No disrespect for monarchy or indeed
Ilkley intended; at another time,
Say back in '87 or '97,
Ancestral voices might have brought it off,
In pious quatrains, stanzas rich and ripe,
Confident odes, psalmodic harmonies.
But not today. The reasons why must wait
For those historians – if such exist –

――讃歌なら必ずそうでなくてはならぬ――讃歌を書くのは
私の手に余ること。ここに佇む私は、中年となり、
所有地を見渡し、子どもと妻がいて、
身辺に持ち物が溜まり、著作も増え、過ぎ越し歳月は
忙しいときも、暇なときも、山ほど
喜びも悲しみもあれこれあった、
元気で、たまに力を出そうと思えば
半分の力は出せ、時として思い煩い、ある意味もっと
途方に暮れることが多い、あの皺ひとつなかった若造の頃よりも、
あの国王崩御の日に、たるんだプライスを叱った自分よりも――
あの日「サウル」からの葬送行進曲が
本館、天窓棟、新館一帯に鳴り渡っていた。
親愛なる主催者殿、以上のように書けば
「女王陛下の治世25年に
多少の関連性があり」「時代の変化」を反映することになりましょうか、
去る二月のご懇篤なる書信に
示唆されましたように。広域ロンドン庁（GLC）が
私のこの詩を「サウスバンクに建立される
スレートか石の碑に」刻むとは考えにくい。
王室に対して、ましてやイルクリーに対して、
不敬の意図などはない。別の機会に、
87年か97年あたりなら、
先祖の声に助けられて書き上げたかもしれない、
敬虔な四行詩の、豊かで円熟した何節か、
自信に満ちた頌歌や、讃美歌のように唱和できる詩を。
だが今は無理だ。理由は
歴史家――存在すればの話だが――に委ねよう、

A hundred years or so from now,
Strange creatures unforeseeable by us,
Peering at yellowing archives, holding up
For scrutiny our foibles and our fears,
These oddities; and one of them may find
These rambling, ambling lines, and spend all day
Writing a footnote to establish who
The schoolboy Pryce was, mentioned by one 'Thwaite',
Active in the first quarter-century
Of Queen Elizabeth the Second, now
Forgotten totally, equally obscure
In Ilkley, Nova Zembla, Samarkand,
A small voice lost among the drifted years.

48 *Questions*

Shall I begin with the papers on my desk,
The papers on my bed, the papers on the floor,
Or the books tilting over on the very top shelf,
Or the books on the stairs, or the books on my desk,
Or shall I get on with the antiquarian scraps
Silting up on the sill, or in boxes on the floor,
Or the cabinet-drawers, or behind the cupboard door,
Or still to be found in cupboards I've forgotten,
Or stuffed into corners of the shed or the barn,
Or elbowed into somewhere altogether elsewhere,

今から百年くらい先に、
われわれには予測もつかぬ新人類が、
黄ばんだ古文書に目を通して、人に知られたくない
われわれの弱みであるこれらの
奇矯な話を精査の対象として公表するかもしれない。その一人が
のらりくらりと取り留めもない詩を見つけ、
「スウェイト」なる詩人が言及するプライスなる生徒とは誰か
立論するため脚注を書くのに、丸一日を費やすかもしれぬ、
曰く、スウェイトとはエリザベス二世治世の
最初の25年に活躍し、今では
完全に忘れ去られ、イルクリー、ノヴァヤゼムリャ、
サマルカンドなど、いずこにおいても無名で、
過ぎ去りし歳月の間に消え去りし、かのかそけき声の主。

48　際限のない問い

どこからはじめようか、机の上の書類からか、
ベッドの上の書類、床の上の書類、
それとも書棚の最上段で今にも落ちそうに傾いた本、
それとも階段に置いた本、それとも机の上の本、
それとも古代の陶片を片付けようか、
窓辺に積み上げたのや、それとも床に置いた箱に入ったのや、
それとも戸棚の引き出しのや、それとも食器棚の扉の後ろのや、
それとも食器棚の中に入れたことも忘れてしまったのや、
それとも物置や納屋の隅に突っ込んだのや、
それともまったく思いがけない場所に押し込んだのや、

Or piles piled up in pillars of papers
Unsteady in my head as I try to begin to
Sort the papers on the desk, on the bed, on the floor,
And shift them a little and open the door?

49   *Fernando Lobo*

My dark Brazilian friend, seventy years back
In Washington. Both of us were foreign,
On the edge of Gordon Junior High.
After my English prep-school shine wore off,
My grades slid down and I lost interest
In most things, except stamps and snakes and sex.
We visited the embassies, cadging stamps,
And messed about off Massachusetts Avenue
Playing the hub-cap trick on passing cars
(You threw one into the road and shouted "Hub-cap!"
And the car screeched to a halt.)
                                    All this was idle,
The sort of stuff thirteen-year-olds get up to.
But you, somehow, made it all different,
A different way of foreign-ness, a mask
To wear until a real face appeared,
And I went home to England, and the war
Ended, and forgot Fernando Lobo
Until last night I dreamt of your dark smile,
Conspiratorial, and foreign, just like me.

それとも机の上の書類、ベッドの上の書類、床の上の書類の
仕分けをはじめ少し動かしドアを開けようとすると
書類は頭の中で不安定にうず高く柱と積み上がり
今にも崩れ落ちんばかりだ。

49　フェルナンド・ロボ

肌の黒いブラジル出身の友だち、70年前のこと、
場所はワシントン。そこでは二人とも外人で、
ゴードン・ジュニア・ハイスクールから落ちこぼれそうだった。
イギリスのプレップ・スクールの輝きが剥げ落ちると、
私の成績はずるずると下り坂で、何事にも興味が
失せてしまった。例外は切手とヘビとセックス。
二人でいろんな大使館を訪ね、切手をせびって回り、
マサチューセッツ通りの外れをほっつき歩き、
行きずりの車にハブ・キャップ・トリックをしかけた
(ハブ・キャップを道に投げ、「ハブ・キャップ！」と叫ぶ、
すると車はキッキーと音を立てて急停車する。)
　　　　　　　　　　　　　　　　　　他愛ない、
13歳の少年がやらかすいたずらだ。
だが君のせいで、それはずい分とちがった、
外人といってもひと味ちがう、一種の仮面だが、
やがて仮面は脱いで素顔になるときがくる、
私はイギリスへ帰国した、そして戦争が
終わり、フェルナンド・ロボのことも忘れた、
ところが昨夜夢に見た、君の暗い笑い顔を、
お互いだけの秘密をもつ外人の顔、私もそうだった。

50 *The Line*

The line came out of nowhere as I woke.
I rose and wrote it down.
                        And then I lost it,
And ever since have rummaged everywhere
Trying to find those few good words I'd found
Without knowing I'd found them.
                                Walking at night
Or waking at dawn, my mind is busy
Fretting to find again those lost few words:
They had authority, and a fine tune as well,
Together in one line that would lead on
To others just as fine, a solid shape
Not to be shifted.
                      But all of it has gone
Into a nowhere that I cannot reach,
Drifted away, out on the furthest edge.

50　その一行

目覚めぎわにその一行が閃いた。
私は起き上がりすぐに書き留めた。
　　　　　　　　　　　ところがそれを失くして、
以来あらゆるところをくまなく探した、
何としても見つけたい、あの会心の数語、
閃きで浮かんだあの数語。
　　　　　　　　　夜散歩しながら
あるいは明け方に目覚めると、頭がいっぱいだ、
あの失われた数語を思い出そうとして焦りながら。
最高の表現で、響きもよかった、
それらが一行となって次の行につながり、
次は次でみごとで、どこも変える必要のない
しっかりとした形をなすはずだった。
　　　　　　　　　　ところがそれがすべて消えて
無くなったのだ、手の届かぬどこかへ、
流れていってしまったのだ、果ての果てまで。

訳者解説・注

※詩の題名は行として数えません。
※訳者解説・注、年譜、あとがきを通じて、地名・人名・書名などの原綴りは、原則としてスウェイトと関わりが特に深い場合のみ併記します。

1　Death of a Rat　ネズミの死

　ネズミとの格闘は、1956年当時スウェイト夫妻が住んでいた世田谷区新町の家での体験にもとづく。

　動物（ネズミ）の死をもたらす加害者である詩人が、日常の中にある死について物語るこの詩は、ネズミと語り手である詩人自身を滑稽な姿で描くユーモアに貫かれている。同系列の作品として、「3　蠅」、「23　アブラムシ物語」がある。

（注）

p. 9, l. 4　　**憐憫と恐怖**　悲劇の要件とされる。

ll. 11-12　　**ヒューペリオンとサテュロス**　ヒューペリオンはギリシャ神話におけるティタン族の一人。太陽神と混同される。サテュロスはギリシャ神話における半人半獣の精で、欲情を体現する。『ハムレット』の中でハムレットは、父である先王をヒューペリオン、父を殺害し王位と母を奪う叔父クローディアスをサテュロスに喩えて対比する。

l. 13　　**ロレンスの「蛇」**　ロレンスの詩で、語り手である詩人は、水飲み場で遭遇したヘビを殺すか生かすかの葛藤を通じて、蛇に対する畏敬の念と人間の卑しさの自覚を深める。

2　Mr Cooper　クーパー氏

　詩人はイングランド北部の産業都市（まさに産業革命の中心地）であるマンチェスターに来ている。そこでは詩人は異邦人である。地元の人

たちの溜まり場であるパブで、地元の客が話題にする地元の小さな世界の些末な人間関係は、詩人の内面とは無関係である。（T. S. エリオット『荒地』の、ロンドンのパブの場面が思い出される。）トイレに立った詩人は、一枚の名刺から自分とは無縁な一人の人間（クーパー氏）の生と死について知らされる。些末な日常性との対比により、死という事実の重みが際立つ。

3　The Fly　蠅

「1　ネズミの死」の場合には、みずからを戦士に見立てる語り手である詩人とネズミとの関係は敵味方、プロタゴニスト（ヒーロー）とアンタゴニストの関係にある。すべての生きものに魂が宿ると信じるヒンズー教徒を引き合いに出し、詩人は蠅を打ち殺す自分との違いを認識する。飛び回る蠅の動きのせわしなさに呼応するかのように、一行の長さが短い。多様な詩形の可能性を試す実験。

（注）

p. 19, l. 7　**チャタートン**　トマス・チャタートン（1752-70）は自作を中世の修道僧の詩と騙って公表し、センセーションを引き起こした。天才詩人と騒がれたが、17歳で自殺。ワーズワスの詩「決意と自立」、ヘンリー・ウォリスの画「チャタートンの死」参照。

4　At Birth　生まれ出るとき

生と死のテーマの詩のなかで、誕生そのものを扱う。日本で生まれた長女の出産には立ち会うことが許されなかった。これは次女の誕生に立ち会った経験にもとづく詩。

（注）

p. 21, l. 13　**岩を打つと**　岩を打つと水が迸るイメージは、「出エジプト記」第17章第6節でモーセが岩を打ち湧き出る水を民の飲み水とした故事にもとづく。

5　Sick Child　病気の子
　食中毒で声も立てずに苦しむ幼児に対して、限りなく強く深い愛情を表す詩人の声。家族を題材にした詩の一つ。

6　White Snow　白い雪
　自然と人と言葉。積雪を見て「シロイユキ」ということばを父親から教わる幼い娘。雪は消えても、幼い娘の心の中で積雪のイメージが生き続けることを詩人は願う。「シロイユキ」という二語の中に、「変化と永遠」が融合して共存する自然の神秘がこめられている。

7　Lesson　教え
　ニュージーランドの家畜飼育場で見た経験にもとづく。屠殺される家畜に対する観察であるが、「教え」は間接的に、ジョージ・オーウェルの『動物農場』のように、人間に対する寓喩にもなり得るかもしれない。

8　Monologue in the Valley of the Kings　王家の谷でのモノローグ
　若い日兵役に服したリビアで考古学的関心を深めた詩人の歴史と文明に対する洞察が示される。詩人は1967年エジプトを訪問、「王家の谷」をつぶさに見学しているが、大英博物館訪問を通じてエジプト体験を追体験し強化した。
　ブラウニング（1812-1889）を先例とする「劇的独白」の手法を得意とすることを示す作品（劇的独白／内的独白の手法が際立つほかの作品例として「18　漱石」がある）。「王家の谷」に葬られた遠い過去のファラオのミイラが語り手となり、語りかける相手は、現代の考古学者である。死者であるファラオの声を通じて、遺跡の実態と真実の発見の不可能性が、あたかもミステリーの解明に似たサスペンスを伴って語られる。さらにファラオの声は、努力が徒労に終わる考古学者の運命を予告する。

こうして過去、現在、未来がつながる中で古代エジプトの悠久性が浮かびあがり、ミイラとして存続しつづけるファラオに対して、考古学者の生と死がいかにはかないものであるか、対照性が際立つ。
（注）
p.29 題名　**王家の谷**　ナイル川西岸の岩山にある古代エジプト王家の岩窟墓群。

9　Worm Within　内なる虫

　木製の人形の中に巣食う木喰虫という極小が、トロイアの木馬という極大に比較されることでイメージの奇抜さが増幅される。かつてトロイア戦争において、木馬に隠れていたギリシャの戦士がトロイアの敗北と滅亡をもたらしたように、人形に潜む木喰虫も、将来、家を破壊し滅亡させる潜在的力となるかもしれない。小さいものと大きいもの、近いものと遠いもの、現在と未来、瞬間と永遠など、対極的なものの相互作用を表象するイメージ。

10　The Bonfire　焚火

　可燃物を積み上げても一向に発火せず、ある日突然轟々と燃え上がる焚火は、同時に、想念とイメージが蓄えられながら形象化されない詩作の苦しみと、機が熟して作品ができあがる過程の隠喩となり得る。それは意図的というよりも、的確な観察と描写のイメージがおのずと隠喩化されたイメージと言える。
（注）
p.39, l.5　　**ゲヘナ**　古代イスラエルにおいて生贄が捧げられた場所で、火が消えることなく燃え続けた責苦の場。

11　Rescue Dig　発掘

　スウェイトの考古学的関心はよく知られるが、この詩が描くのは、整地が翌日に迫った建設現場で、埋蔵物を掘削し救出しようとする場面で、手探りで掘っていく際の感触が微に入り細を穿って描写される。それが何であれ発掘の対象物は、土の崩落により結局のところ土に戻る。(「25 陶工」で、粘土の塑型を陶工が壊して粘土に戻す行為を連想させる。)

12　Marriages　結婚の残骸

　生、死、結婚、誕生……破綻した「結婚」の姿。隠喩として用いられた屠殺場のイメージは強烈で衝撃的である。
(注)
p. 43, l. 13　　**引き離すこと勿れ**　「マルコによる福音書」第10章第9節および「マタイによる福音書」第19章第6節にあり、英国国教会の結婚の儀式で用いられる祈祷書の言葉。

13　Simple Poem　シンプルな詩

　この対訳詩選集に収められた作品にもさまざまな傾向と、技法と様式上の多様性が見られるが、スウェイトは70年にわたる詩作活動の過程で、ブリティッシュ・カウンシル編の代表的イギリス詩人紹介のパンフレットに寄せて、みずからの詩の究極の理想が「シンプルな詩」であると述べ、この詩を引用している。

14　Cicadas in Japan　日本の蟬

　西欧にはイタリアやプロヴァンスを別にすると、蟬はいないので、西欧人には日本の蟬の声は格別に珍しい。場合によっては耳障りに感じられることもある。昆虫や鳥類が同じ名で呼ばれる場合でも、鳴き声が異なる。それに絡めて、この詩は異文化間の異なる風習と、異文化理解の

障壁の問題を暗示する。
(注)
p. 45, l. 9　　　ハーン　ラフカディオ・ハーン、小泉八雲（1850-1904）

15　Shock　ショック
スウェイト夫妻の日本での地震体験にもとづく。

16　Sideshows at the Tori-no-Ichi　大道芸——酉の市で
1985年日本滞在中の体験。異文化の風俗習慣（場合によっては、異様に見えるものも含む）に対する新鮮な反応。
(注)
p. 51, l. 3　　　ヘラクレス　ギリシャ神話に出てくる怪力の英雄。

17　Hiroshima: August 1985　ヒロシマ——1985年8月
国際交流基金フェロー（1985-86）として一年間日本に滞在中、スウェイト夫妻は日本各地を旅行した。1985年8月、夫妻と末娘アリスは、京都のあと、山陰、九州、山陽を旅行し、その際に広島を訪問した。平和記念公園と原爆資料館を訪ねた体験の結果が、この詩となった。

18　Soseki (London: December 1901)　漱石（ロンドン　1901年12月）
夏目漱石は第五高等学校（熊本）在職中の1900年9月、文部省在外研究員として英国に留学、1902年11月まで滞在、1903年初頭に日本に帰着した。漱石は『文学論』序で、みずからの英国留学を「尤も不愉快の二年」と断じた。漱石が直面したのは、外国文学研究が避けて通ることのできない根源的困難であった。英文学者としての漱石は英国における英文学研究の成果を知悉した上で、他者に依存しない「自己本位」の立場を確立することを目指した。そのために漱石が求めたものは文学の普遍的原

理であった。ロンドン大学での聴講を早々と止め、1901年1月から8月まではシェイクスピア学者 W. J. クレイグの私宅で個人指導を受ける。それも止めて下宿に籠った漱石は、収集した大量の文献を読みノートを作成、それが帰国後に第五高等学校を辞して移った帝国大学文科大学英文学科における講義「英文学概説」(『文学論』として公刊) のもととなる。

ロンドンにおける漱石の鬱屈した心理が、漱石を語り手とする「内的独白」の手法で語られる。

島崎藤村の詩 (Bownas/Thwaite 編、*The Penguin Book of Japanese Verse* 所収の訳) が2箇所に引用されるほか、3行書きの英語俳句風の詩句が挿入されている。

この詩には高橋康也氏による先行訳がある (『すばる』6巻6号、1984年6月、128-138頁)。

(注)

p. 55, l. 1　　群狼〜　『文学論』序にある「群狼に伍する一匹のむく犬」を踏まえる。

l. 8　　クレイグ　ウィリアム・ジェイムズ・クレイグ (William James Craig 1843-1906) はシェイクスピア学者。漱石はクレイグの自宅で個人指導を受けた。『永日小品』に「クレイグ先生」がある。

l. 11　　ロンドン落ちる　伝統的童謡にある「ロンドン橋が落ちる」の連想を伴う。

l. 12　　理論だ　英文学研究における彼我の差異を痛感した漱石は、異文化の障壁を超える普遍的理論の確立を目指した。

l. 16　　クラパム・コモン　頻繁に転居した漱石が最後に落ち着いた下宿 Miss Leale 方。81 The Chase, Clapham Common (1901年7月20日から帰国まで) のある地域。

p. 57, l. 1　　宿主の姉妹　Miss Leale 姉妹。「まるで探偵のように、人

のことを絶えず監視してつけねらっている。いやなやつったらない。」(夏目鏡子／松岡譲筆録『漱石の思い出』第十六章「白紙の報告書」)「銅貨」をめぐる妄想については『漱石の思い出』第十七章「帰朝」で語られる。

l. 5　**「夏目狂セリ」**　「ある日本人は書を本國に致して余を狂気なりと云へる由。」(『文学論』序)「文部省のほうへ電報でいったのか手紙で行ったのか、夏目がロンドンで発狂したということがわかっていたそうです。」(『漱石の思い出』第十六章) 文部省に報じたのが岡倉由三郎(1868-1936 英語学者)であったかどうか、漱石によっても鏡子夫人によっても特定されてはいない。

l. 13　**ベデカー**　ドイツの出版社刊行の旅行案内書。漱石は『ロンドンとその近郊』(1898)を愛用した。

l. 15　**ケンブリッジ訪問**　1900年11月1日(木)から1泊2日。

l. 16　**アンドルーズ**　チャールズ・フリアー・アンドルーズ (Charles Freer Andrews 1871-1940) はペンブルック・コレッジのフェロー、宗務主任。後年、英国国教会宣教師としてインドで布教、マハトマ・ガンジーの支持者。

l. 17　**「紳士」**　オックスフォードもケンブリッジも紳士養成の場、いまさら自分には関係ない、と『文学論』序で述べられている。

l. 22　**ガワー・ストリート**　ロンドン到着当初に下宿した76 Gower Street (1900年10月28日-11月12日)。

l. 22　**ノット夫人**　熊本における英国国教会女性宣教師で「回春病院」の運営に関与した Grace Nott (1863-1947) の母 Mary Harriet Nott (1836-1913) で、プロイセン号船上で漱石と再会し、アンドルーズ(⇒上掲 l. 16 注参照)を紹

介した。

l. 24　ウェスト・ハムステッド　ハムステッドはかつて詩人ジョン・キーツも住んだ、芸術家が好んで住まう地域。漱石の下宿先は Mrs. Milde 方。85 Priory Road, West Hampstead（1900年11月12日－12月20日）。

l. 24　カンバーウェル・ニュー・ロード　Harold Brett 夫妻方。6 Flodden Road, Camberwell New Road（1900年12月20日－1901年4月25日）。次いでブレット夫妻の転居先 5 Stella Road, Tooting, Graveney に、漱石もついて移り住む（1901年4月25日－7月20日）。

p. 59, l. 2　一寸法師　「此度は向かふから妙な顔色をした一寸法師が来たなと思ふと、是即ち乃公自身の影が姿見に寫ったのである。」（「倫敦消息」初版、第二節）

ll. 5-6　支那人〜ハンサム・ジャップ　漱石の『日記』1901年4月6日［土］、「倫敦消息」に繰り返し言及がある。「……ショーキンドーの中を覗いてゐたら後ろから二人の女が來て "least poor Chinese" と評して行つた。……二三日前は去る所へ呼ばれて絹帽（シルクハット）にフロックで出掛けたら、向ふから來た二人の職工見たやうなものが、a handsome Jap と冷嘲して行つた。……」（「倫敦消息」改訂版）

l. 9　ブルームズベリー　ロンドンの文教地区。文人が多く居を構えた。

l. 10　メレディス　ジョージ・メレディス（1828-1909）は詩人・小説家。

l. 10　カーライル　トマス・カーライル（1795-1881）は歴史家、思想家。「カーライル博物館」参照。

l. 19　花は枝と　漱石が用いた「西洋の開化」の比喩。「内發的

と云ふのは内から自然に出て發展すると云ふ意味で丁度花が開くやうにおのづから蕾が破れて外に向ふのを云ひ、……」(『現代日本の開化』)。

p. 61, l. 13　バタシー　ウォンズワース地域に含まれるロンドン南岸の一区域。

l. 15　ウォンズワース橋　テムズ川北のチェルシーと南のウォンズワースを繋ぐ橋。

l. 16　1ファージング　英国の旧硬貨の単位で1/4ペニー。

l. 19　小諸なる〜　島崎藤村「小諸なる古城のほとり」Bownas/Thwaite編、*The Penguin Book of Japanese Verse*, 169ページ。

l. 21　不可思議な〜　漱石の「断片」1901年（4月以降）の次の一節を踏まえる。「我々はポットデの田舎者のアンポンタンの山家猿のチンチクリンの土気色の不可思議ナ人間デアルカラ西洋人から馬鹿にされるは尤だ加之彼等は日本の事を知らない日本の事に興味を持つて居らぬ故ニ我々が西洋人に知られ尊敬される資格が有つて［も］彼等が之を知る時間と眼がなき限りは尊敬とか恋愛とかいふ事は両方の間に成立たない」

p. 63, l. 6　「品種改良」　『日記』1901年2月24日。下宿の主人ブレットの言葉として言及。

l. 14　海の日の〜　島崎藤村「椰子の実」Bownas/Thwaite編、*The Penguin Book of Japanese Verse*, 171ページ。

l. 24　レミュエル・ガリヴァー　ジョナサン・スウィフト（1667-1745）『ガリヴァー旅行記』（1726）の主人公。

p. 65, l. 4　最果ての地　ラテン語読みはウルティマ・トゥーレ、英語読みはアルティマ・シューリ。

19　Imagine a City　想像上の町

　作者が夢の中で見た都市のイメージをもとに、架空の都市と現実の都市のイメージが融合・合成されて精巧につくりあげられた詩。

20　The Dancing Foxes　踊る狐

　「静寂の中で想起された感情」というワーズワスによる詩の定義は広く知られるが、この詩においては25年前の特別な体験と感動が再現されている。詩人と、詩人が観察する狐とは、不思議な親和力で結ばれている。狐の姿を通して、自然界に稀有な調和と均衡が出現することに詩人は感動する。
（注）
p. 69, l. 2　　グロスタシャー　イングランド中西部の州。部分的にコッツウォルズの一部。

21　Multiplied　増えつづける

　天地創造の過程で神は人間に、男女が結ばれ、その結果「殖やせよ」（multiply）と告げた（『旧約聖書』「創世記」）。同じ言葉であるが、この詩では皮肉にも、結ばれた男女の家庭崩壊が起こり、新しい関係が生ずる――最初から数え上げると、関係が相次いで増えつづけ複雑化していく状況が辿られる。
（注）
p. 71, l. 19　　貸衣装屋　Moss Bros.（モス・ブラザーズ）は慶弔時などの貸衣装チェーン。

22　Sigma　シグマ

　この詩の冒頭で、何か書こうとして書けない詩人は、気晴らしに居間にある、リビアで集めた古代ローマの陶器の破片の詰まった箱から一つ

取り出すと、Σの文字が刻まれていることに気付く。仮にそれが紀元前450年、何らかの意図を持って刻まれた文字であったとすると、古代の陶工と、現在の詩人の姿と重なり、詩（poetry）と陶器（pottery）との間に接点が見られる。

23 Cockroach Story アブラムシ物語

1985年、詩人夫妻は再来日し一年間滞在した際に住まいとした東京女子大学「外国人教師館」での体験にもとづく。「アブラムシ」——かつては、「ゴキブリ」をこう呼んだ——と対決する詩人が真剣であることに比例して滑稽さが増す。「ムシ」のごろ合わせはご愛嬌で、さらに、詩人がアブラムシをサムライに見立てることで、詩人が日本と向き合う姿勢が加味される。

日常生活において人間と対立する動物や虫との対決をテーマとする詩として、本篇のほかに「1　ネズミの死」、「3　蝿」がある。
（注）
p. 75, l. 3　　　**レオン・ヴィーゼルティア**（1952-）　アメリカの批評家。

24 Together, Apart つかず離れず

詩人夫妻が1955年以来、伴侶でありつづけてきたことに対する言葉には尽くせぬ感慨がこめられている。この詩が書かれたとき、二人は奈良に滞在中であった。

25 Potter 陶工

1986年に詩人が会津若松を訪問した際に案内された本郷（現在は美里町）には十を超える窯元があるが、詩人が紹介され、この詩で扱われているのは、宗像亮一（1933-）である。父豊意（第六代目）を継いで、1970年に宗像窯第七代となり、2005年に利浩に第八代を譲った。

陶器に格別関心の深い詩人は、陶工がロクロを回して粘土を形にする過程を微細に描いている。個々の単語の音節数が少なく行の長さが短く動きの速い詩形は、ロクロが回転する速度に比例しているかに感じられる。最後に、陶工がつくり上げた作品を無造作に潰してしまうことに、見ている詩人（と共に読者）はあっと驚くが、いったいどれほどたくさんの作品が同じ運命に遭ってきたことか。陶工が残すのは、陶工の目から見て、残すに値する逸品だけであろう。同じことは詩人が詩を書く過程についても言える。ここでも、陶器（pottery）と詩（poetry）とが、詩人の意識の中で重ねられている。

26　Recreational Leave　慰安休暇

「蚊帳」があることから、場所は想像上の暑い地域のどこかに設定され、客を取るのが生業である子連れの15歳の少女を語り手として、「劇的独白」の形式で書かれている。

27、28、29、30

第二次世界大戦がヨーロッパで始まった1939年9月、詩人は9歳であった。たまたま海辺のリゾートで開戦のニュースを聞く少年は、大人たちの反応を通じて戦争と向き合う。

イギリスの多くの子どもが経験したのは国内での「疎開」であったが、詩人の場合はアメリカの親戚に預けられた。開戦、親との離別、親との再会が3篇のソネットとなっている。アメリカへの出発から帰国までの間に、4年の歳月の経過がある。離別に際して見送る母親が感情を露わにするのに対して、見送られる10歳の少年は意識的に感情を抑制し、毅然とした態度をとり、虚勢をはるが、そのことに対して、「快感」と同時に「罪意識」を感ずる。

14歳で帰国する少年を迎える父親は、少年の「成長」に対する喜びを、

ボクシングのポーズで表現する。それに応える少年の拳で鼻から血を流す父親の喜びの叫びに少年は戸惑う。

　言語は共通でもアメリカは少年にとって異国である。異国体験の一端は「ヘビ」において、アメリカの野生に対する少年の本能的反応が生き生きと表現される。

　戦時下の体験に関わるこれらの詩が扱う内容は、戦場に赴いた成人の戦争体験に関わることはない。詩人が仮に10歳年上であったならば、戦争体験はまったく異なっていたはずである。これらの詩は、扱われる出来事が経験されたときではなく、40年以上経ってから、意識の奥底で生き続けていた記憶の再現として書かれたもので、読者は詩人とともに過去を追体験する。

　アメリカ体験の追想としては、ほかに「49　フェルナンド・ロボ」参照。戦争について他人の体験を通して歌う詩としては「38　リポン——1918年4月」を参照。

（注）

27　September 3rd 1939: Bournemouth　1939年9月3日、ボーンマス

p. 87　題名　　**ボーンマス**　イングランド南部ドーセット州海辺の都市。リゾートとして、オーケストラ、サッカーのクラブ・チームでも有名。

　l. 10　　**首相**　ネヴィル・チェンバレン（1869-1940）は英国首相（1937-40）。独伊枢軸に対する「宥和政策」で知られた。対独開戦宣言は1939年9月3日。

　　　　28　Evacuation: 1940　疎開、1940年

1940年4月、ワシントンDC近郊在住の母方の伯母ノーラ（Nora）とその夫フランク（Frank）のもとに疎開。

29　Maturity: 1944　成長、1944 年
詩人が英国へ帰国したのは 1944 年 6 月。

30　Snakes (Virginia, 1940)　ヘビ（ヴァージニア、1940 年）
p. 93, l. 5　**エデンの園**　神によって地獄に落とされた大悪魔サタンは、復讐として人類の始祖を堕落させるために、地上の楽園であるエデンの園に侵入、蛇に化身して目的を果たした。

31　Changing Ties　ネクタイをとり換える
慶弔に合せてネクタイを換える行為のなかに、人間にとっての大事件である生と死と結婚が凝縮され、象徴的に表されている。各節 7 行ずつ 2 節からなる詩。詩人自身の分類に従うと、「シンプルな詩」の範疇に入れられるかもしれない。重いテーマが「シンプル」に書かれることがスウェイトの詩の理想である。

32　Watching　いつも見ている
親世代は残り時間が少なく、時間は気にならず、何事も定刻が決まっているにもかかわらず、いつも時計を見ている、その姿には現役世代の未来の姿も投映されている。

33　How to Behave　お行儀よくする
詩人が幼い孫に「お行儀よくする」ようにと諭される詩。家族の肖像の一篇。孫の詩としては、もう一篇「35　2003 年の夏」がある。

34　The Art of Poetry: Two Lessons　詩の技法――二つの教訓
この作品はみずからの詩作体験に基づく、詩で書かれた詩論である。「教訓」として詩人の経験知が示されるが、「処方」として他人に押しつける

べきものではないと言う。「教訓」を必ずしもみずから実践しているわけでもないことが、末尾のユーモラスな問と答えに暗示される。この詩選集の中で、「詩に関する詩」と呼べる作品としては、ほかに、「13　シンプルな詩」、「45　未完の死後出版の詩への序詩」などがある。詩作が直接テーマでない場合も、詩作以外のことが詩作過程の隠喩となっている詩がある（「10　焚火」、「25　陶工」）。

35　Summer of 2003　2003年の夏

「34　詩の技法——二つの教訓」にあるように、「身内」を登場させる詩。ジャックとウィルは長女の長男と次男。家族が集まる楽しい機会なのに、若い世代の賑わいのさなかで、一人取り残されている感覚がみずからの老いとして感じられている。

36　The Space Between　すき間

薄い天井板に隔てられて、ネズミと詩人とが棲み分けを行なっているが、ネズミの引っ掻く音（scratch）と詩人が紙の上でペンを走らせる音（scratch）によって、両者は結ばれている。

この詩ならびに、「1　ネズミの死」「3　蠅」「20　踊る狐」「23　アブラムシ物語」「30　ヘビ」に共通するものは、生きものに対して最高に研ぎ澄まされた詩人の感覚である。1、3、23の詩においては、語り手である詩人は、人間中心の社会において生きものと敵対する関係が避けられない。「ヘビ」の場合は、ロレンスの有名なヘビの詩と文脈は異なるが、野生に対する親和力がテーマとなる。「20　踊る狐」の場合も、動物に対する新鮮な驚きに似た共鳴が見られる。

37　Going Out　退出

詩集『退出』（2015）の巻頭詩。

38　Ripon: April 1918　リポン——1918 年 4 月

　過去の詩人とその詩人にまつわる場所の重要性が、現存する詩人スウェイトの詩の中での「劇的独白」によって甦る。この詩は、第一次世界大戦の「戦争詩人」を代表するウィルフレッド・オーウェン（Wilfred Owen 1893-1918）に関する詩である。

　オーウェンはフランスの前線で負傷し、「シェルショック」により本国で療養。1917 年ヨークシャー北部のスカーブラで一冬を過ごしたあと、再び召集され、ヨークシャーのリポンにある「北部師団」に配属となる。そこで、何篇もの詩を改稿、その中には戦場における負傷兵との出会いを扱う「奇妙な出会い」（'Strange Meeting'）が含まれる。オーウェンは 25 歳の誕生日をリポン大聖堂で過ごす。

　1918 年 7 月、オーウェンはロバート・ロスとオズバート・シットウェルに勧められて詩集の出版を企画し、序文の草稿を走り書きする。

「この詩集は英雄を詠うものではない。英詩はいまだ英雄を詠うには適していない。また、英雄的行為、領土、あるいは栄光、名誉、武力、王権、支配、権力に関わることを詠うものでもない、唯一、戦争を別として。
とりわけ、私が関わるのは詩ではない。
私の主題は戦争であり、戦争の悲哀である。
詩は悲哀の中にある。
しかしながら、これらのエレジーは今の世代にとって少しも慰めにはならない。次世代にはなるかもしれないが。一人の詩人が今日なし得ることは警告することである。それ故に、真の詩人は事実を語らねばならない。……」

　この序文の中の言葉が原詩では斜字体で引用されている（訳詩では

「　　」の中)。
(注)
p. 107　題名　**リポン**　北ヨークシャーの小都市。リポン大聖堂は7世紀の修道院が起源。

39　Tongues　言葉

　この詩における言語に関する比喩は、聖霊降臨祭に精霊が言葉として顕現することと、バベルの塔の寓喩に言及したものであるが、詩的言語の生長や衰退と重ね合わせて読む余地がある。スウェイトの信仰に関わる詩としては、「41　受胎告知」、「44　私は信ずる」、「46　ピーター・ポーターに寄せて」を参照。
(注)
p. 109, l. 8　　**バベル**　『旧約聖書』「創世記」第11章第1-9節によると、人々が天まで届く塔を町につくろうとすると、主はその塔を破壊した。その地はバベルの名を冠せられた。人々は各地に離散し、異なる言語が乱立し混乱した。バベルは古代メソポタミアにおける都市バビロンのヘブライ語表記。

l. 8　　**聖霊降臨祭**　キリスト復活・昇天の7週間後に、エルサレムに集う使徒と信者たちに、鳩の姿をして聖霊が遣わされ、神の言葉が伝えられた(「使徒行伝」第2章第1-31節)。これに因み、復活祭後7週間(50日)目に五旬節、聖霊降臨祭として祝われる。

40　History Lesson　歴史の教訓

　「歴史の教訓」は国を特定せずに(「砂漠の全土」という表現が地域を暗示するかもしれないが)政権交代によって何が起こるかを述べる。最初は無血革命あるいはクーデター、やがて法律が宣言され公布されると

ともに、正邪が裁きによって決められ、反体制派が処罰される。流血によって全土が「浄められる」。第一の政権交代においても、第二の政権交代においても、罪悪感が皆無であることが共通する。いずれの場合も、権力の座につく者が勝者となり、反体制派が敗者となる。詩人の念頭には特定の政変があったかもしれないが、皮肉と逆説で成り立つ簡潔な警句的表現は、個別の事例を超えて、権力に関する普遍的真理（それこそ歴史の教訓）を物語っている。

41　Annunciation　受胎告知

「あの方」は天使ガブリエル、「その女(ひと)」はマリア。信仰に関わる詩としては、「39　言葉」、「44　私は信ずる」、「46　ピーター・ポーターに寄せて」を参照。

42　Libya　リビア

2011年に起こったカダフィ大佐（1942-2011）に対する反乱と、かつてスウェイト夫妻がリビア滞在中に目撃した1967年6月に起きたイスラエル対アラブ諸国との対立抗争を二重写しにした詩。

（注）

p.115　題名　**リビア**　地中海に面したエジプト西方の国。長い歴史を通じて植民地化が繰り返された。1951年独立王国となった。1969年カダフィ大佐のクーデターによって共和国化されたが、2011年の革命によりカダフィ大佐は失脚して殺害され、以後、分裂した勢力が対抗し、統一がなされていない。スウェイト夫妻と家族は1965-67年、第2の都市ベンガジで暮らした。

43　Waiting In　待ちぼうけ

　活動的であった若い日と対照的に、誕生日の贈り物が配達される約束をいらいらしながら無為のうちに待ちつづけて一日を空費し、みずからの老化と苛立ちに苛つく自分を描く。

44　Credo　私は信ずる

　キリスト教国のキリスト教を信ずる家庭に生まれて洗礼を受ければ自動的にキリスト教を信ずるかというと、そういうわけにもいかない。合理主義者にとっての別の選択肢――懐疑主義、不可知論、無神論などの立場がある。詩人は、聖書に含まれる寓話、教会の制度、儀式などに対して、畳み掛けるように懐疑を羅列していく。そうした上で最後に、それにもかかわらず自分は信ずると言う。懐疑を経てのちに信仰を確認する信仰告白となっていて、信仰と合理主義の相克を掘り下げる過程が説得力を持つ。これに似たレトリックはジョージ・ハーバートなどに先例がある。現代における信仰の問題を述べた詩としては、フィリップ・ラーキンの「教会に行く」（'Church Going'）がある。

　スウェイトの信仰に関わる詩として、「39　言葉」、「41　受胎告知」、「46　ピーター・ポーターに寄せて」を参照。

（注）

p. 119　題名　Credo　私は信ずる（ラテン語）。

　　l. 5　**ノアの方舟**　「創世記」（第6–9章）によると、人間の堕落を見た主は大洪水を起こして人間を滅ぼすことを決めたが、正しい人ノアに大きい「方舟」をつくらせ、ノアとその家族ならびにその動物たちだけは救うことを決めた。方舟の大きさは、「長さ300キュービット、幅50キュービット、高さ30キュービット」（第6章第15節）とされる（1キュービットは45–53cm）。方舟は主とノアとの間の「聖

　　　　約」(第6章第18節、第9章第9節、11節)に基づく。
　　l. 5　**「契約」の箱**　モーセの十戒が刻まれた2枚の石板を収めた聖なる箱。木製(アカシア)でその上に金が張られている。長さ2キュービット半、幅と高さがそれぞれ1キュービット半(「出エジプト記」第25章第10節など)。
　　l. 9　**ウォーの「身の毛もよだつ戦史の章」**　イヴリン・ウォー(1903-66)の小説『衰退と没落』(1928)の中で校長が無造作に聖書を開いて、「身の毛もよだつ戦史の章」を読む場面への言及。
　　l. 17　**弾劾者たちが〜**　「ヨハネによる福音書」第8章の挿話。
p. 121, l. 4　**聖霊降臨祭**　⇒「39　言葉」p. 157 の注参照。
　　l. 9　**「主よ、われ信ず、〜」**　「マルコによる福音書」第9章第24節。悪霊に取り憑かれた子どもを持つ親が、キリストに救いを求めて言うことば。

　　　　45　Prologue to an Unfinished Posthumous Poem
　　　　　　　未完の死後出版の詩への序詩

　詩人が生きていて、「死後出版」予定の詩の「序詩」が書かれることは、それ自体が虚構であるが、虚構の形をとって詩人は、同時代の詩には、価値のある本物でなく、無価値な偽物がまかり通っていること、そしてそのような状況をつくり出す批評家に責任があることを皮肉たっぷりに断罪する。スウェイトの一連の詩で書かれた詩論(「34　詩の技法──二つの教訓」参照)の一つである。
(注)
p. 121, l. 12　**ブラウニング**　ロバート・ブラウニング(1812-89)はテニスンとともにヴィクトリア朝を代表する詩人で、スウェイトの詩に特徴的な「内的独白」/「劇的独白」の手法を

駆使した。

46 For Peter Porter　ピーター・ポーターに寄せて

　スウェイトと深い親交のあったオーストラリア出身の詩人（1929-2010）を哀悼する詩。故人がどのようなスタイルで弔われるかという問題を通して、キリスト教信仰の問題が取り上げられる。信仰に関わる詩としては、「39　言葉」、「41　受胎告知」、「44　私は信ずる」を参照。
（注）

- p. 125, l. 1　**理神論者**　理神論とは、神の天地創造は認めるが、いったん創造されると宇宙はそれ自体の法則に従って運動する、という見方。18世紀にイギリスで抬頭し、フランス・ドイツの啓蒙思想家に受け継がれた。
- p. 127, l. 5　**無宗教の葬式**　キリスト教の教義・儀式によらない葬儀。
- l. 7　**国教会**　英国国教会（1534年ヘンリー八世がローマ・カトリック教会から離反し、国王を首長とする組織に再編）の信仰・儀式に基づく。
- l. 12　**人生を完走**　「レースを走る」という比喩は聖書に見られるほか、ワーズワスの「幼時の回想から受ける霊魂不滅の啓示」200行目にも見られる。

47 Jubilee Lines　即位25周年記念の詩

　イルクリーはウェスト・ヨークシャーにあり、町の主催で「イルクリー文学祭」が1972年にW. H. オーデンが参加して始まり、それ以来つづいてきた。1977年はエリザベス女王即位25周年（シルバー・ジュビリー）にあたり、スウェイトは文学祭委員会から詩作を依頼された。

　女王即位の周年は国家的慶事であるが、この詩の中では慶事を寿ぐことが直接の目的とされず、周年に相当する期間の詩人個人やイギリス社

会について書かれ、ジョージ六世が崩御し、エリザベス二世が即位した1952年における自画像が時の流れの中で描かれる。当時はまだ徴兵制のあったイギリスで、除隊した詩人は入学が決まっていたオックスフォード大学に行くまでの2学期間（ギャップ・イヤー）、当時ウェールズにあったプレップ・スクール（パブリック・スクールに進む前段階の学校）に臨時教員として勤務していた。これは詩人としての経歴がはじまる以前の、未形成で不安定な自画像である。スウェイトは「周年」を契機に詩作を過去だけでなく、未来との関係においても考える。詩の執筆を依頼されたのが1977年でなく、1987年か1997年であったならば、「周年」を寿ぐ「頌歌」が書けたかもしれないと言う。しかし、それは仮定の話で、T. S. エリオットが言うように、「そうあり得たかもしれないことと、そうであったこととは、／常に現在という一点を指し示す」。さらに未来との関係において、100年後に自作の詩が残ることを期待しないが、「即位25周年記念の詩」が歴史家によって研究対象とされた場合を、自己韜晦とユーモアで塗布して仮定的に想像する。詩人は、過去と現在を連結するだけでなく、過去と現在を未来に連結する。

（注）

 p. 127 題名 **即位25周年記念の詩** エリザベス二世即位（1952年6月2日）25周年祝賀。

   l. 13 **国王陛下** ジョージ六世（1895年12月14日－1952年2月6日）は兄エドワード八世の退位により即位、第二次世界大戦の試練に耐えた。

   l. 15 **共通試験** 全寮制私学のプレップ・スクールの生徒が卒業時に通常13歳で受ける共通資格試験。その結果を、英国で「パブリック・スクール」と呼ばれる全寮制私立学校（ウィンチェスター、イートンなど）のいくつかが入学資格とする。

l. 15　**ヘロンウォーター校**　プレップ・スクール。1940年代から1970年代まで、ウェールズ、デンビーシャー、ドルウェンにあるカントリー・ハウスとその敷地「コイド・コック」（Coed Coch）を拠点としていた。

l. 20　**オックスフォード**　⇒訳者あとがき参照。

p. 129, l. 1　**ヨークシャー**　イングランド北部の地域で、東西南北の四つの州に分かれる。農業、牧畜、工業と多彩。ヨークシャー・デールと呼ばれる起伏のある緑の丘陵地帯が有名。

l. 1　**ランカシャー**　イングランド北西部、アイリッシュ海に面した州で、湖水地方に隣接する。

l. 2　**アウンドル、レプトン、ラグビー、アッピンガム**　いずれも16世紀半ばに創設された名門パブリック・スクール。

l. 3　**ハロー**　ロンドン北郊にある名門パブリック・スクール。エリザベス一世の勅命により創設。ウィンストン・チャーチルはじめ多くの著名人の母校。

l. 5　**グラマー・スクール**　私学の「パブリック・スクール」に対して、公立の中等学校で、成績のよい生徒が進学した。1960〜1970年代、労働党政権の改革により、公立中学は「コンプリヘンシヴ・スクール」に一本化された。

l. 17　**R. S. トマス**　（1913-2000）ウェールズの詩人で、ウェールズの独立性を主張する英国国教会牧師。

l. 21　**チングフォード**　ロンドン北東郊、ウォルサム・フォレストの一地区。

p. 131, l. 1　**教育部隊**　英国王立陸軍教育班。軍隊内において兵士に知識や技能を教授することを担う。

l. 9　**ヘンデルの『サウル』の葬送行進曲**　「サムエル記」のサウルとダビデの挿話にもとづいてヘンデルが1738年に

作曲した「劇的オラトリオ」第3幕にあるサウル王とその子ヨナタンの死を悼む葬送行進曲。

l. 13　**シセラとテントの釘**　カナンの王ヤビンの軍の長シセラは戦に敗れ、訪ねたジャベル・ヘベルの妻ヤエルの天幕で、ヤエルによってこめかみに天幕の釘を打ちこまれて命を落とす。「士師記」（第4章第21節ほか）。

p. 133, l. 17　**広域ロンドン庁**（Greater London Council = GLC）　1963年、本来のロンドン市に周辺部を加えた「広域ロンドン圏」を治める行政府として定められた。サッチャー政権時代の1986年に廃止されたが、「広域ロンドン圏」自体はその後も存続。

l. 18　**サウスバンク**　ウォータールー橋で繋がるテムズ川南岸地域で、ロイヤル・フェスティヴァル・ホール、クイーン・エリザベス・ホール、ナショナル・シアターをはじめ、再興されたグローブ座も含めて、芸術活動の中心地。

l. 23　**先祖の声**　コールリッジ「クブラ・カーン」30行目にあることば。

p. 135, l. 11　**ノヴァヤゼムリャ**　北極海の列島で、ヨーロッパ最北東端に位置する。ロシア連邦領。

l. 12　**サマルカンド**　中央アジア、ウズベキスタンの古都。

48　Questions　際限のない問い

老齢に関する普遍的なテーマ。身辺の片付けができなくて、あちらにもこちらにも書類や本が積み上がっていく。どれから手をつけるか自問するが、余りにも多過ぎて収拾がつかなくなる現実。高齢者なら誰しも身に覚えのある話。

49　Fernando Lobo　フェルナンド・ロボ

「疎開」先で異邦人であるための違和感の発散、それが70年以上経ってから夢に現れる。

　第二次世界大戦中アメリカに疎開する前後のことを50年後に回想した4篇の詩（27～30）と比較すると、これは現実の世界では記憶から抜け落ちていた、南米から来た少年と同じ異邦人として試みたいたずらが、70年を経て夢の中で再現される詩である。

　　　50　The Line　その一行

　詩人にとって閃いた一行、数語、一語はかけがえがないもの。それが思い出せないもどかしさと苛立ち。

アントニー・スウェイト書誌

Poetry

Fantasy Poets 17, Fantasy Press, 1953

Poems, Privately printed in Tokyo, 1957

Home Truths, Marvell Press, 1957

The Owl in the Tree, Oxford University Press, 1963

Japan in Color (with Roloff Beny and Herbert Read), Mcgraw-hill, 1967

The Stones of Emptiness: Poems 1963-66, OUP, 1967

At Dunkeswell Abbey; a poem, Poem of the Month Club, 1970

Penguin Modern Poets 18 (with A. Alvarez and Roy Fuller), 1970

Inscriptions, Poems 1967–72, OUP, 1973

Jack, Cellar Press, 1973

New Confessions, OUP, 1974

A Portion for Foxes, OUP, 1977

Twentieth Century English Poetry: An Introduction, Barnes & Noble, 1978

Victorian Voices, OUP, 1980

Telling Tales, Gruffyground Press, 1983

Poems 1953–1983, Secker & Warburg, 1984

Letter from Tokyo, Hutchinson, 1987

Poems 1953-1988, Hutchinson, 1989

The Dust of the World, Sinclair-Stevenson, 1994

Selected Poems 1956-1996, Enitharmon Press, 1997

A Move in the Weather, Enitharmon Press, 2003

A Different Country, Enitharmon Press, 2003, repr. 2004
Collected Poems, Enitharmon Press, 2007
Late Poems, Enitharmon Press, 2010
Going Out, Enitharmon Press, 2015

Criticism

Essays on Contemporary English Poetry: Hopkins to the Present Day, Kenkyusha, Tokyo, 1957; revised edition as *Contemporary English Poetry: An Introduction*, Heinemann, 1959
Contemporary English Poetry: An Introduction, Heinemann, 1961
Poetry Today 1960-1973, Longman for British Council, 1973
Twentieth-Century English Poetry, Heinemann, 1978
Poetry Today: A Critical Guide to British Poetry 1960-1984, Longman for British Council, 1984
Six Centuries of Verse, Thames Methuen, 1984
Poetry Today: 1960-1995, Longman, 1996

For Children

Beyond the Inhabited World: Roman Britain, Deutsch, 1976

Travel and Topography

Japan (with Roloff Beny), Thames & Hudson, 1968
The Deserts of Hesperides: An Experience of Libya, Secker & Warburg, 1969
In Italy (with Roloff Beny and Peter Porter), Thames & Hudson, 1974
Odyssey: Mirror of the Mediterranean (with Roloff Beny), Thames &

Hudson, 1981

As Editor

Oxford Poetry 1954 (with Jonathan Price), Fantasy Press, 1954

New Poems 1961: A P.E.N. Anthology of Contemporary Poetry (with Hilary Corke and William Plomer), Hutchinson, 1961

Penguin Book of Japanese Verse (with Geoffrey Bownas), 1964, rev. 1998

The English Poets (with Peter Porter), Secker & Warburg, 1974

Poems for Shakespeare 3, Globe Playhouse, 1974

New Poetry 4 (with Fleur Adcock), Hutchinson for Arts Council, 1978

Larkin at Sixty, Faber, 1982

The Gregory Awards Anthology 1981-1982 (with Howard Sergeant), Carcanet, 1982

Poetry 1945 to 1980 (with John Mole), Longman, 1983

Philip Larkin, *Collected Poems*, Marvell Press and Faber, 1989

Selected Letters of Philip Larkin, Faber, 1992

Longfellow, *Selected Poems*, Dent Everyman, 1993

R. S. Thomas, *Selected Poems*, Dent Everyman, 1996

Paeans for Peter Porter, Bridgewater Press, 1999

Philip Larkin, *Further Requirements*, Faber, 2001

George MacBeth, *Selected Poems*, Enitharmon Press, 2002

The Ruins of Time: Antiquarian and Archaeological Poems, Eland, 2006

John Skelton, Faber & Faber, 2008

Philip Larkin: Letters to Monica, Faber & Faber, 2011

Recording

Anthony Thwaite reading from his poems, The Poetry Archive, 2005

Critical Studies

Hans Osterwalder, *British Poetry Between the Movement and Modernism: Anthony Thwaite and Philip Larkin*, Carl Winter. Universitatsverlag, Heidelberg, 1991

Anthony Thwaite in Conversation, with Peter Dale and Ian Hamilton, Between the Lines, 1999

アントニー・スウェイト年譜

1930	6月23日誕生、先祖はヨークシャーの家系に遡るが、生まれたのはイングランド北西部チェシャーの中心都市チェスター。
1940	アメリカ合衆国ワシントンDCの伯母伯父のもとに疎開。
1944	帰国、バース郊外の寄宿学校キングズウッド・スクールに入学。
1950-51	徴兵制のもとでリビアで兵役に服す、考古学的関心を深める。
1952	オックスフォード大学、クライスト・チャーチ入学、英文学専攻。
1954	オックスフォード訪問中の齋藤勇(たけし)(東京帝国大学名誉教授[英文学])と面会、みずからが会長を務める「オックスフォード詩人協会」に招待する。
1955	大学卒業。アン・ハロップ（Ann Harrop　オックスフォード大学、セント・ヒルダズ・コレッジ卒業）と結婚。ブリティッシュ・カウンシルの斡旋により、東京大学に専任として赴任、イギリス文学・文化を教える。
1956-57	日本国内を広く旅する。客員として京都大学、国際基督教大学にも出講。
1957	長女生まれる。 橋口稔氏の尽力により、第一詩集が研究社によって出版される。離日、帰国とともに英国放送協会（BBC）に入社。
1958	妻アンの最初の著作 *The Young Traveller in Japan* が出版される。
1959-65	当時はサリー州リッチモンドに居住、ここで次女、三女、四女が生まれる。
1959	ペンギン社と『ペンギン叢書版日本詞華集』*The Penguin Book of Japanese Verse*（ジェフリー・ボウナス教授と共編）の契約

を結ぶ。

1962	『タウン』（Town）誌の委嘱によりオリンピック開催に備える日本を取材するために来日。 BBCの週刊評論誌『リスナー』（The Listener）の文芸担当編集主幹に招かれて就任。
1965	BBCを2年間休職、妻と娘たちを伴ってリビア再訪、ベンガジに在るリビア大学で英文学を教える。
1967	BBCに短期間帰任するが、週刊評論誌『ニュー・ステイツマン』（The Newstatesman）文芸担当編集主幹に招かれて就任。
1970	詩の朗読のために、短期間アメリカの諸大学を訪ねる。
1972	ノーフォーク州に、「ミル・ハウス」（The Mill House）を求め、現在にいたるまで居住する。 ノーフォーク州ノリッジ郊外にあるイースト・アングリア大学創作学科にヘンフィールド・フェローとして出講、引きつづき長年にわたり非常勤講師を務める。
1973	月刊評論誌『エンカウンター』（Encounter）の共同［スティーヴン・スペンダーと］編集主幹に就任（1985年辞任）。
1980	中国に招聘旅行、併せて日本訪問。
1982	ブリティッシュ・カウンシル主催の岐阜・文学セミナーに基調講演者として招聘される。
1985-86	国際交流基金フェローとして日本滞在、各地の大学で講演。アンは東京女子大学客員教授に任命されたため、同大学の「外国人教師館」に夫妻で居住。
1986	帰国とともに、アンドレ・ドイチュ社の編集担当役員に就任。
1989	遠藤周作の推挙により古木謙三基金を得て、3か月間アンとともに日本各地を回る。
1990	詩作に対する貢献・功績により、英国女王より「大英勲章」

	OBE（= Officer [of the Order] of the British Empire）受章。
1992	アメリカ合衆国ナッシュヴィルにあるヴァンダービルト大学「学内詩人」（Poet-in-Residence）に就任。
1996	前橋で開催された「世界詩人会議」に招聘され参加。
2001	孫の Jack（長女の次男、当時 16 歳）がオックスフォード大学で日本学を専攻するのに先立ち、同伴で日本の各地を旅行。
2002	A. A. ミルンの定本伝記を著わしたアンが東京での大規模な「ウィニー・ザ・プー展」に講演者として招聘されたのに同伴して来日。
2005	東京女子大学における集中講義 'Women and Writing'（女性が書くこと）に招聘されたアンに同伴して、最後の機会となる来日。初来日から数えて 50 年目にあたり、かつて教えた東京大学大学院総合文化研究科・教養学部において講演。
2007	『全詩集』出版。
2015	『退出』出版。

訳者あとがき
―― アントニー・スウェイト点描 ――

　20世紀後半のイギリスの詩を語る際に、アントニー・スウェイト（Anthony Thwaite 1930- ）は欠かすことのできない詩人の一人である。同時代の重要な詩人フィリップ・ラーキン（1922-85）、テッド・ヒューズ（1930-98）、シェイマス・ヒーニー（1939-2013）はすでに亡い。この対訳詩選集を編む時点で、スウェイトが健在であることを慶びたい。

　スウェイトの『全詩集』（*Collected Poems* 2007）には、それまでに刊行された計17冊に上る詩集に入っていた全380篇の詩が収められている。その後に『晩年の詩』（*Late Poems* 2010）を挟んで、『退出』（*Going Out* 2015）が出版され新作と未発表の詩を含む47篇が収められた。この『アントニー・スウェイト対訳詩選集』には、『全詩集』から36篇、『退出』から14篇を選び、合わせて50篇の詩を収めた。

　これまでに日本の一部の読者はスウェイトの作品を原詩で読んできた。訳詩を通じて読者層が広がることが望まれる。イギリスの詩に限らず、日本には翻訳詩の伝統が長くつづいてきた。しかし、本書が「訳詩集」でなく「対訳詩集」であることを、「なぜ」と不審に思われる読者があるかもしれない。一般に、訳者は訳詩をできるかぎり原詩に近づけて伝えることに努めるが、原詩の韻律など音声的・構造的特質を訳詩に移し換えることが事実上不可能であることを認識せざるを得ない。この認識は、訳者と信頼関係によって結ばれている原著者である詩人も等しく共有する。他方、原詩と訳詩が並列されていると相互補完的な効果が期待できる。もちろん、原詩を読むことのできる読者には訳詩は不要であり、逆に訳詩を読む読者が原詩を読むとは限らない。しかし第三のタイプとして、訳詩から遡って原詩を読みたいと思う読者もあるはずである。岩波文庫に入れられた欧米詩の対訳シリーズをご存知の方もあるかと思う。

第三のタイプの読者が、訳詩を契機として、意味と音声とが協和して成り立つ原詩を読むことに積極的な意義を認め、本書の刊行を決断し実現してくださったのが松柏社の森有紀子氏である。実現に漕ぎ着けるまでに幾人もの方々、とりわけ高橋和久氏から貴重なご助言とご支援をいただいた。『対訳詩選集』の企画は、原著者であるアントニー・スウェイトが日本での出版を許可し、みずから50篇の詩を選定するところからはじまった。また、50年にわたってスウェイトと交流があり、日本を代表する詩人である谷川俊太郎氏から貴重なメッセージを頂戴した。訳者として深く感謝の念を表したい。

詩人と時代、ラーキンとスウェイト

　詩は詩人個人の奥深い内的世界と、詩人が生きる時代の外的世界との相互作用によって生み出される。20世紀前半は、第一次世界大戦、ナチスの台頭、第二次世界大戦とつづく未曾有の激動の時代で、どのような姿勢を取るにせよ、詩人は否応なくこれらの激動に反応して詩作した。これは W. B. イェイツ、T. S. エリオット、W. H. オーデンなどに共通して言える。スウェイトは第二次世界大戦を少年期から思春期にかけて体験した。大戦中、スウェイトは両親の計らいで親元を離れ、母方の伯母を頼ってアメリカに「疎開」して過ごした（詩27〜30、49参照）。参戦はしていないが、戦争を間接的に体験して育った世代に属している。

　第二次世界大戦の終結はイギリスの社会が一大変革・変貌を遂げる契機となった。旧植民地は大英帝国から独立して英連邦諸国となり、他方、イギリス国内においては終戦直前に政権与党となった労働党の社会政策としてはじめられた「福祉国家」の理念が、二大政党である保守党と労働党のどちらが政権の座に就いても、「国民的合意」として堅持された（1979年のサッチャー政権誕生まで）。二度の大戦を経験した激動の20世紀前半に対して、20世紀後半はイギリスにとって、ある意味で安定した「平

和」(パクス・ブリタニカ) の時代であった。もちろん、北アイルランドにおけるアイルランド系カトリック教徒とイギリス系プロテスタント教徒の流血の対立抗争の中で、アイルランド共和国市民となる道を選んだ北アイルランド出身のヒーニーのように、詩作がまさに時代の激動と深く関わっていた詩人がいる。1950年代に「ムーヴメント」の名で知られる詩人たちが出現するが、それに連なるラーキンの場合は、イングランドの文化と社会の枠の中で詩を書いた。

　スウェイトはしばしば批評家によってラーキンと比較されることがある。詩人として出発した頃のスウェイトが、8歳年上のラーキンを意識していたことは当然である。イギリス国内で出版されたスウェイトの第一詩集『心に響く真実』(*Home Truths* 1957) は、ラーキンの詩集『幻想に欺かれることなく』(*The Less Deceived* 1957) につづいて同じ出版社 (The Marvell Press) から出版されている。スウェイトの初期の詩に、ラーキンの影響や、「ラーキン的側面」が見られたとしても不思議ではない。のちにスウェイトは、ラーキンの「遺言執行人」を委嘱され、また、ラーキンの『全詩集』(1988)、『書簡集』(アンドルー・モーションと共編　1992)、および『散文集』(2001) の編纂にも携わる。しかしながら、これらの事実をすべて前提とした上で、スウェイトの詩的世界は、ラーキンの詩的世界からは独立した、別のものである。イングランドから外に出ることをためらう「内向き」のラーキンに対して、スウェイトの詩的世界と行動半径は、ヨーロッパ、アメリカ、中近東、日本や中国など、広く全世界に及んだ。日本との長く強い絆についてはまたあとで触れる。

詩人への道

　詩人がどのようにして詩人となる契機をつかむのかは興味深い問題である。スウェイトの場合は、14歳、全寮制私学のキングズウッド校の生徒であった時期に遡る。スウェイトの家系は両親ともヨークシャーに根を

持つが、父方の祖父がメソディスト教会の牧師となった縁で、父親はその宗派の牧師の子弟のためのキングズウッド校（イングランド西南部のバース）で学び、銀行員となった。スウェイトも第二次大戦中に疎開先のアメリカから帰国後、同じ学校に入学した（当時、本校を海軍省が借りていたため、イングランド中部ラットランドにあるアッピンガム校の一部を臨時校舎としていた）。そこで教わったイングラム（W. G. Ingram シェイクスピア『ソネット集』を R. T. H. レッドパースと共編）が、ある時、アングロ・サクソン（古英語）の詩にある「謎解き」を教え、自作の「謎解き」を次回までの課題として課したところ、スウェイトの作品が最高の出来栄えであった。才能を見出され、詩作を奨励されたこの時がスウェイトの詩人としての出発点となる。その頃、スウェイトが傾倒したのはルーパート・ブルック、次いで T. S. エリオットであった。『荒地』の模擬作品を書いたのも同じ頃である。詩作には先行詩人を読むことが先立つ。スウェイトが読んだのは、同時代から中世まで、デイヴィッド・ガスコイン、ヘンリー・トリース、ジョージ・バーカー、ディラン・トマス、オーデン、ブレイク、ジョージ・ハーバート、ラングランドなど多岐にわたる。

　かつて古典学が文系教育の中心であったオックスフォードとケンブリッジにおいて、英文学つまり自国文学の教育が制度化されたのは後発で、信じがたいことに、20世紀になってからである。しかし、いったん制度化されると、英文学教育は文系の中心的役割を果たしていく。大学で英文学を専攻することは全員がその道の専門家になることを意味するわけではない。中世から現代まで自国文学を体系的に学び、厳しい言葉の訓練を経て自国文化が血となり肉となって卒業していく者たちには、社会のあらゆる分野で活躍する道が開かれている。もちろん、詩人・作家が育つためにも、とりわけふさわしい。

　キングズウッド校を卒業して、2年間リビアでの兵役に服したあと、スウェイトは、英文学専攻の奨学生に選ばれてオックスフォード大学クラ

イスト・チャーチ・コレッジに入学する。ちなみにクライスト・チャーチは、宗教改革に際して国王ヘンリー八世が1532年に再編・創設したコレッジで、同じくヘンリーが創設（1546）したケンブリッジのトリニティ・コレッジとは姉妹校である。由緒あるコレッジとして政治家をはじめ著名な人材を数多く輩出してきた。当時のオックスフォード大学では、トールキン、C. S. ルイス、デイヴィッド・セシル、ヘレン・ガードナーなど錚々たる顔ぶれの学者がイギリス文学を講じていた。英文学科における講義とクライスト・チャーチにおけるテュートリアルから多くを学んだことは間違いないが、スウェイトは何よりも、先行詩人の感化を受けながら詩人として成長していった。当時オックスフォードの学生の間では、エドウィン・ミュアー、ロバート・グレイヴズ、ウィリアム・エンプソンがよく読まれていた。スウェイトは「オックスフォード詩人協会」に加わり（のちに会長となる）、雑誌『トリオ』をジョージ・マクベス（George MacBeth 1932-92）と共同編集し、雑誌『ファンタジー』がスウェイトの作品を特集した。1955年、卒業とともに結婚して伴侶となるアン・ハロップ（Ann Harrop 1932-　セント・ヒルダズ・コレッジ）も英文学専攻で詩人協会会員であった。

日本を選ぶ

　詩作が生計の手段足り得ず、詩人が何らかの職業に就くことは、今日では当たり前となっている。大学卒業を前に、スウェイトには三つの選択肢が与えられた。英国放送協会（BBC）の「制作研修員」、『マンチェスター・ガーディアン』紙記者、さらにもう一つ、ブリティッシュ・カウンシルの仲介による東京大学「外国人教師」の職である。三つとも採用が決まったスウェイトは、『ガーディアン』紙は断り、BBCの職は権利を2年間保留してもらい、その間、日本で教えることを選んだ。その頃オックスフォード訪問中の齋藤 勇（たけし）教授との出会いも、日本に行く決断に

産経新聞ビジュアル © 1956

寄与した。国内に敷かれた軌道に乗らず、あえて海外に出て行く「外向き」の気質と世界観が根底にあったことが推察される。スウェイトの最初の職業選択が日本であったことは、自身にとってと同時に、日本にとっても限りなく重要な意味を持つ。

1955年秋、日本に赴任したスウェイトの職務は、東京大学教養学部（駒場）における後期課程（大学3・4年次）である「教養学科」（「イギリスの文化と社会」）の専任として授業を担当し、併せて、文学部英文学科（本郷）に週1回出向いて、学部学生を対象にイギリス文学を講ずることであった。本郷では当時大学院に在学した気鋭の若手研究者との出会いがあり、将来における実り豊かな持続的交流へとつながる。また客員として国際基督教大学、京都大学にも出講した。

　当時、イギリスの文化外交の役割を担っていたブリティッシュ・カウンシル日本支部（1953年開設）の活動にスウェイトは積極的に貢献した。また個人として、来日中のドナルド・キーン、エドワード・サイデンスティッカー、アイヴァン・モリスなどの日本研究者と出会い、その縁で三島由紀夫をはじめとする日本作家と面識を得たことも、帰国後にスウェイトが批評活動を通じて日本文化の普及に努める要因の一つになったと考えられる。

　2年間の日本滞在のおわりに、『詩集』（Poems 研究社 1957）が200部限定出版された（これには橋口稔氏の尽力によるところが大きい）。同時に、『現代英国詩人論』（Essays on Contemporary English Poetry: Hopkins to the Present Day 研究社 1957、改訂版 Contemporary English Poetry: An Introduction, Heinemann, 1959）も上梓された。これら2冊は、2年間の実りある日本滞在を記念する豊かな成果として残る。スウェイトは2年間にわたり日本におけるイギリス文学・文化の教育研究に対して貢献しただけでなく、その後につながる日英文化交流の進展に寄与した。20世紀前半の日本においてエドマンド・ブランデンが果たした役割が、20世紀後半の日本においてスウェイトによって継承され深められた。

詩人と職業

　日本に留まらず、帰国してBBCで働くことはイギリスの詩人としてのアイデンティティを保つためには不可欠な選択であった。創設以来、高い水準の文化教養番組の制作で知られるBBCにおけるスウェイトの仕事は、詩の番組を制作することであった。過去ならびに現代の詩が電波を通じて社会に伝えられ、公共のために詩の普及がはかられる、しかも詩人によって。これは詩作をつづけ詩人としてのアイデンティティを実現し保持するためには理想的な職業形態の一つではなかろうか。BBCが週刊で刊行した『リスナー』(*The Listener*) 誌は、ラジオが主流であった時代の高水準の放送を、そのまま活字化して掲載した。スウェイトは入社5年後、同誌の文芸担当編集主幹に若くして抜擢された。

　スウェイトは8年つづけて勤務したあとBBCを休職し、かつて大学入学前に兵役に服したリビアに家族同伴で赴き、2年間ベンガジにあるリビア大学で助教授として英文学を講じた。スウェイトの職業遍歴には、「一瞬一瞬が新たなはじまり」というT. S. エリオットの詩の一節がぴったりかもしれない。リビア滞在のあと、いったんBBCに帰任するが、イギリスの代表的週刊評論誌『ニュー・ステイツマン』の文芸担当編集主幹に招聘され、6年間その職責を果たす（クレア・トマリンとジェイムズ・フェントンが助手）。その間に自身の詩作とともに、新聞・雑誌におびただしい量の文芸批評を寄稿しつづける。イギリスには、創作活動と批評活動はメディアを通じてつながり、健全な緊張と均衡が保たれる共通の地盤があるが、詩人スウェイトはその地盤にしっかりと足場を築き、幅広い活動をつづけた。

ミル・ハウス

　スウェイトは1972年、ノーフォーク州内陸部のロウ・サーストン（Low Tharston）に「ミル・ハウス」(The Mill House) を求め、それが生活の

拠点となり今日に至っている。その名が示すように、川に沿って広がる敷地に建つ、かつての水車小屋とその番人が住む家屋を住居としたもので、建物の最古の部分は1600年（スウェイトの口癖によると「関ヶ原」の年）に遡る。ミル・ハウスの壁にはバラが這い、まわりにはライラックが咲き、辺りは緑に囲まれている。水車はすでにないが、敷地に沿って川（タス川）が流れ、川べりには平底船が繋留され、鴨や白鳥が泳いでいるだけでなく、鵜が飛来することもある。ロウ・サーストンは小さな村で、最寄りの鉄道駅のある町ウィンダム（Wymondham）からは数マイル離れている。電車でも車でもロンドンまでは遠い。編集者としての職場はロンドンにあるが、生活の拠点であるミル・ハウスが詩作ならびに執筆活動の場となる。スウェイトにとってヨークシャーに第一の「根」があるとすると、ノーフォークには第二の「根」があると言える。児童文学作家として出発した妻のアンは、F. H. バーネット（1974）、エドマンド・ゴス（1985）、A. A. ミルン（1990）、エミリー・テニスン（1996）、フィリップ・ゴス（2002）と、浩瀚な伝記を長年にわたって著わし、重要な賞を得て伝記作家として不動の地位を確立するが、その仕事もミル・ハウスで行なわれた。みずからが選んだ土地に深く根をおろした二人にとって、ミル・ハウスはかけがえのない場所である。

　ロウ・サーストンの北約10マイルに中世の大聖堂で知られるノリッジ（Norwich）がある。その郊外には、イースト・アングリア大学（University of East Anglia: UEA 1963年創設）があり、1972年、スウェイトはその創作学科にヘンフィールド・フェローとして出講したのにつづいて、その後も同学科で非常勤講師をつづけた。そのころ同学科では、マルコム・ブラッドベリーが教授で、学生としてカズオ・イシグロが学んでいた。ノーフォークに根をおろし、詩人、編集者、文芸批評家、大学講師としてのスウェイトの生き方がつづく。

イギリスと日本の間で

　1973年には、スウェイトは『ニュー・ステイツマン』の職を辞し、国際的月刊総合雑誌『エンカウンター』からの誘いで、「オーデン世代」の詩人スティーヴン・スペンダー（1909-95）と共同編集主幹に就任、12年にわたりその職にとどまった。編集者であると同時に、みずからが執筆者として定期・不定期に寄稿した雑誌・新聞には、『リスナー』、『ニュー・ステイツマン』、『エンカウンター』、『スペクテイター』、『ガーディアン』、『インディペンデント』、『タイムズ文芸付録』、『オブザーヴァー』（定期コラムニスト）、『ロンドン・レヴュー・オブ・ブックス』、『ワシントン・ポスト』、『サンデー・テレグラフ』（定期コラムニスト）などが含まれ、寄稿は膨大な量にのぼる。執筆したテーマは、文学を主に、さまざまな領域に及ぶ。中に折あるごとに寄稿した日本文学に対する紹介・論評が含まれる。日本研究者による学術的著述は別として、イギリスならびに英語文化圏の一般読者は日本文学の動向について、スウェイトの論評を通して知らされてきた。この面でのスウェイトの貢献が大きいことを忘れてはならない。

　スウェイトはテムズ・テレヴィジョンの教養番組、いわゆる「チャンネル・フォー」のために16回シリーズの「英詩の六世紀」（Six Centuries of Verse 1984）を制作した。中世から20世紀まで、一部アメリカも含む英詩の展開を辿るこのテレビ番組は、台本をスウェイトが執筆、ナレーションは晩年のジョン・ギールグッドが担当し、ペギー・アシュクロフト、イアン・リチャードソンなどによるみごとな詩の朗読と、詩にゆかりの場所で撮影された映像で構成され、文学的、教育的であると同時に楽しい詩のテレビ番組となっている（DVDとして普及、テクストは *Six Centuries of Verse*, Thames TV-Methuen, 1984）。

　ブリティッシュ・カウンシルは1934年の創設以来、イギリスの文化外交と文化交流を推進してきた。その文学部門の政策立案と国内外におけ

る講演その他の諸活動にスウェイトは長年にわたって顧問として参画し貢献してきた。

　1985年4月から1986年2月にかけて、スウェイトは「国際交流基金フェロー」として、初来日の時の職場であった東大教養学部に所属する形でふたたび来日した。伝記作家として名声が確立した妻アンは、東京女子大学客員教授として英文学科の授業を担当し、二人は同大学の「外国人教師館」に居住した。滞在期間中にスウェイトは日本英文学会年次大会における特別講演のほか、日本各地で講演を行なった。また朝日新聞社の委嘱で、東北地方の農林業、関西の吉野杉や北山杉などを視察し、詩人の目で見た日本の自然と自然保護について寄稿した。詩作に没頭できる自由な時間を得たスウェイトは、いつにも増して多くの作品を書き、その一部は、この『対訳詩選集』にも収められている（詩14〜17）。スウェイト夫妻の1985-86年の日本滞在を通じて、個人と組織の両面で、夫妻と日本との密接な関係がさらに深められた。ちなみに、同伴であれ単独であれ来日はその後もつづき、初来日から数えるとその回数は十回を下らない。

　1986年帰国とともに、文芸出版社アンドレ・ドイチュ社の編集担当役員（のちに顧問）に就任。この年、イギリスでもっとも権威のある文学賞「ブッカー賞」の審査委員長を務めている（受賞作はキングズリー・エイミス『老いた悪魔たち』）。詩人としての功績に対して、1989年、ハル大学（University of Hull）から名誉文学博士号が授与され、また、1990年には「大英勲章」を受章する。またスウェイトは、長年にわたり「王立文学協会」フェローでもある。詩作こそが最重要な詩人にとって、名誉学位や受章は副次的なことに過ぎないかもしれないが、客観的に見て、イギリスにおいて詩が社会的に認められ、国民文化の重要な一部であることの一つの証しとなる。

　アメリカ・テネシー州ナッシュヴィルにあるヴァンダービルト大学は、

1920年代に雑誌『フュージティヴ』(1922-25) を出したジョン・クロウ・ランサム、アレン・テイト、R. P. ウォレンらを擁し、「ニュー・クリティシズム」発祥の地として知られる。1992年、スウェイトは同大学の「学内詩人」(Poet-in-Residence) に任じられて数ヶ月夫妻で滞在し、講義や朗読を行なった。

「考古学協会」の会員でもあるスウェイトの考古学的関心は、幼いころ手にした古代ローマの硬貨に触発されたが、若い日に兵役に服しのちに再訪する、古代ローマ遺跡（レプティス・マグナ）のあるリビアでの体験によって深められた。ミル・ハウスには中近東を中心とした壺や陶片が集められている。1998年、スウェイトは、イースト・アングリア大学附属センスベリー・センターで展覧会「詩人の壺」(A Poet's Pots) を主宰した。

1955-57年の初来日に遡るスウェイトと日本との持続的な関係の実りの記念碑的証しとして、『ペンギン叢書版日本詞華集』(*The Penguin Book of Japanese Verse*, eds. Geoffrey Bownas and Anthony Thwaite, 1964年初版、頻繁に増刷され、1998年拡大改訂）がある。万葉の時代から現代にいたるこの詞華集の初版に収められた現代詩人の最後の一人は谷川俊太郎であったが、1998年の改訂版には高橋睦郎、吉増剛造を含む6人が新たに加えられた。本書は、日本研究者ジェフリー・ボウナス教授 (1923-2011) の学殖と、詩人スウェイトによる言葉の彫琢の、みごとなコラボレーションの産物である。日本詩歌の全体像が英語を通して広く世界に知られるのはこの詞華集によってである。

詩人の本領

多面的なスウェイトの活動の中で、その中心を占めるのは詩作であり、その一部として、この『対訳詩選集』に収められた50篇の詩がある。スウェイトの詩にはすんなりと入っていくことのできる親しみやすさを読

者は感ずるのではなかろうか。その理由を考えてみると、対象が小さな生きものであれ、人であれ、自然であれ、社会であれ、詩人は抽象化するのではなく、かならず具体的なイメージを用いて書き始め、精緻かつ明晰なスタイルの一篇につくり上げるからである。見たところ卑近に思える事柄を通して、深い真実が啓示される。詩人の立ち位置は控えめで、詩人自身の声で語られる場合も、「劇的独白」の手法を用いて語られる場合もある。真実を見据える目の確かさに狂いがない一方で、しかつめらしさを避けるユーモアを伴う場合もある。これらの特質は初期から後期にいたるまでの詩に一貫して見ることができる。

　他方、詩人の経験の多様化とともに、テーマも多様化する。一篇の詩は要約したり言い換えたりすることにはなじまない。また読者は一人一人が詩と向き合い、対話を交わすものである。どう読むか、読者のそれぞれに自由が許容されている。これらのことを承知した上で、50篇の詩からどのようなテーマが浮かび上がるか、試みに整理してみたい。

　スウェイトは自分自身を直接的に表出することに対しては抑制的である。50篇の中では、わずかに第二次世界大戦中の少年期と思春期を回想する「1939年9月3日、ボーンマス」「疎開、1940年」「成長、1944年」「ヘビ（ヴァージニア、1940年）」と、記憶が夢で再現される「フェルナンド・ロボ」が小さな自分史であり、「即位25周年記念の詩」は部分的に青年期の自画像を提示する。

　人の誕生から死まで、その間につづく人の生きざまについて詩人が体験し考えることが詩となる。「生まれ出るとき」は誕生の神秘を鮮烈なイメージで表現する。死に関しては、「クーパー氏」において、目の前にある死ではなく、未知の人物の生と死について知らされることにより、観念としての死が詩人の意識に浸透する。

　「クーパー氏」において対置された生と死が表裏にあることを日常的状況の中で日常的言語で提示するのが「ネクタイをとり換える」である。他

方、具体的に死に臨む心構えと信仰の問題が扱われる詩として「ピーター・ポーターに寄せて」がある。

　動物や生きものとの不思議な共鳴と親和力が見られる詩として、「踊る狐」「ヘビ（ヴァージニア、1940）」「すき間」があるが、人がもたらす動物や生きものの死を扱うのが「ネズミの死」、「蠅」、「アブラムシ物語」である。動物の死は「教え」でも扱われる。

　誕生と死を両極としてその間で営まれる生において、人と人とはどのように関わるのであろうか。スウェイトと妻のアンとは強い絆で結ばれているが、『対訳詩選集』の中で、二人の関係が直接的に扱われているのは「つかず離れず」一篇のみである。「家族の肖像」が描かれた詩としては、「病気の子」「白い雪」「いつも見ている」「お行儀よくする」「2003年の夏」がある。

　人と人との幸せな絆は、その真逆を描くことによって一層際立たせられる。真逆の、絆の切れた状態を描く詩が「結婚の残骸」と「増えつづける」である。前者においては強烈なイメージを用いた比喩が、後者においては皮肉と逆説が特徴的である。

　卑近な話題から始めて普遍的な真理の提示にいたるという、最初に述べた詩のスタイルの特徴は数多くの詩が例証する。「焚火」、「内なる虫」などが好例として挙げられる。

　スウェイトの「外向き」の姿勢は、異質な「他者」に対して開かれた心と言い換えることができる。初来日が契機となった日本に対する関心は、『ペンギン叢書版日本詞華集』の訳業として実った。日本関連の創作詩が集中的に書かれたのは1985-86年の滞在中で、詩集『東京からの手紙』に収められている。「大道芸——酉の市で」において異質なものを把握する詩人の感覚と表象は実に精緻である。「日本の蟬」においては、「他者」との間に一線が引かれ、「他者」に対する理解の限界が暗示される。日本が地震国であることの体験が詩となったのが「ショック」である。「ヒロ

シマ——1985年8月」には、初来日以来、日本にコミットしてきた詩人が、第二次世界大戦において日本の対戦国であったイギリスの市民として、日本にとって大戦の惨憺たる結末を象徴するヒロシマを訪れる際の、屈折した心理が読みとれる。

20世紀のはじめ、作家になる以前の英文学者・夏目漱石は、イギリス留学に際して研究対象である「他者」としてのイギリスと真剣に対峙し、その結果としてアイデンティティ・クライシスを体験した。スウェイトの初来日と二度目の日本滞在との中間期に書かれた詩「漱石（ロンドン1901年12月）」は、ロンドンにおける漱石の心の襞に分け入り、漱石の苦悩を内側から「内的独白」によって辿る感動的な一篇として、日本人読者の心を打つ。

詩人は必然的に、詩とは何か、詩はいかに書かれるべきかについて考える。「詩で書かれた詩論」として、「シンプルな詩」「詩の技法——二つの教訓」「未完の死後出版の詩への序詩」がある。

シェイマス・ヒーニーの詩「掘る」（'Digging'）の中で、「掘る」という行為は大地を「掘る」耕作と同時に、言葉を掘り当てる行為として「詩作」と重なり合う。同じ「掘る」というイメージが、スウェイトの詩の中では「発掘」に見られるように、考古学的発掘に関連して使われている。スウェイトの考古学的イメージに結びつくのは、「発掘」のほかに、「王家の谷でのモノローグ」「シグマ」である。また、スウェイトの考古学的関心と一体をなす「陶器」に関する詩としては「陶工」がある。スウェイトの詩の中で、陶工 potter と詩人 poet、陶器 pottery と詩 poetry とは、英語の音の上においても、意味の上においても互いに響き合う。

「王家の谷でのモノローグ」において、考古学的過去としてのファラオが死後も時を超えた悠久の非時間の中で生きつづけるのに対して、それを研究する現代の考古学者は現在という限られた時間の中で行動し、その死とともに時間の中で忘れられていく運命にあることを、ファラオの

声による「劇的独白」が予言する。現実と向き合い時間の中で生み出される詩が、時間を超えて悠久の非時間の中で生きつづけることは古今の詩人の究極の願望であろう。この問題が「即位25周年記念の詩」で取り上げられる。「王家の谷でのモノローグ」においては、「劇的独白」としてのファラオの声が考古学者の挫折を予言する一方で、「即位25周年記念の詩」の場合には、詩人自身の声による「内的独白」が、未来における詩人の運命の不確実性を予言する。スウェイトは、詩人が現実と向き合い現在という時間の中で掘り当てる言葉が、時間を超えて悠久へとつながることを願う一方で、詩人とその作品が時間の制約を受けることを醒めた目で認識している。

『全詩集』出版の8年後、詩人が85歳の年に出版された『退出』に含まれる一部の詩については、すでに上で触れた。あらためてテーマとして際立つのは信仰の問題で、「言葉」「受胎告知」「私は信ずる」「ピーター・ポーターに寄せて」において扱われる。戦争、歴史、政治に関わる詩が、「リポン——1918年4月」「歴史の教訓」「リビア」である。詩集全体のタイトルが由来する詩「退出」は、「待ちぼうけ」「際限のない問い」「その一行」とともに、老いを自覚する詩人の姿を描くが、これらの詩が書かれたこと自体が、詩人の創作力が今も変わらず旺盛であることの証しとなる。

時の流れを遡る

最後にもう一度、時の流れを遡りたい。1955年秋、アントニー・スウェイトは東大駒場に、専任外国人教師として颯爽と現れた。当時25歳の青年詩人は、文化使節としての気概に満ち溢れ輝いていた。自身が受けたオックスフォードの教育が念頭にある一方で、外国文学・文化を学ぶ日本の環境との落差についての認識はなく、戸惑いもあったはずである。フランス専攻で、英語もフランス語も母語のように堪能な、卒業間際の石黒ひでさんが教室を牽引し引立て役となった。哲学の道を歩み、イギ

リスの大学を拠点にして、世界の哲学の顔となる石黒さんとスウェイト夫妻との長い交友のはじまりであった。

　訳者は教養学科2年次の後半から4年次の前半まで、少人数の教室で親しく教わる幸運を、粕谷哲夫、出淵博、海老根宏などと共有した。本郷の文学部においては、学部学生を対象とするスウェイトの講義が大教室で行われていた。受講者は英文学科に限らず、そこに仏文学科在学中の大江健三郎の姿もあった。本郷では学部生のための講義とは別に設けられた「ディスカッション・グループ」において、英文学科の助手、旧制ならびに新制の大学院生の気鋭の人々との出会いがあった。それら本郷の先輩たちを名指して、スウェイトは「日本における英文学研究の新世代」と呼び、誇らしそうに駒場の私たちに伝えた。

　教室で聞くスウェイトの英詩の朗読は、のちにイギリスの劇場で聞いた名優たちの声に引けを取らなかった。私的なつぶやきを許していただけるなら、イギリス文学・文化の入り口に立ちながら、惑い多く、進路を決め兼ねていた私にとって、スウェイトとの出会いは「決意と自立」のための重要な契機となった。もう一つ、詩人といえば破滅型の詩人像が先入観としてあった私にとって、目の当たりにする詩人の、健全な精神と創造性とのみごとなバランスに目を開かれた感動が導きの光となった。

❖　❖　❖

　アントニー・スウェイト夫妻と日本との関係については、ここまでさまざまな文脈に即して言及してきた。初来日以来、二度目の日本滞在、さらに度重なる訪日の機会を通じて、持続的に交わされた次のような方々との貴重な友情の記憶が、スウェイト夫妻の心に深く刻まれている。石井正之助、小津次郎、小池銈・(井上)二葉、高見幸郎・安規子、橋口稔、高橋康也・迪、小池滋、安東伸介・博子、中沼了、喜志哲雄、佐藤宏子、

楠明子、田中美保子・阿部博などの諸氏である。この中にはすでに故人となられた方も含まれるが、夫妻に代わって、ここで記しておきたい。

　アン・スウェイト著『グッバイ・クリストファー・ロビン』(山内玲子・田中美保子共訳、国書刊行会、2018) につづいて、『アントニー・スウェイト対訳詩選集』が上梓されることに、長年アントニーならびにアンの温かい友情の恩恵に浴してきた訳者ふたりは、改めて限りない感謝を捧げたい。そして最初にも述べたように「対訳」の効用を積極的に認め、細やかで行き届いた心配りをもってこの本をつくり上げてくださった松柏社の森有紀子氏に重ねて心から深い感謝の気持ちを表したい。

　2019年5月

山内 久明

訳者紹介

山内久明 (やまのうち・ひさあき)

1934年、広島県生まれ。東京大学教養学部教養学科卒業、文学修士（英文学）。ケンブリッジ大学 Ph.D.（英文学）、同大学東洋学部日本語専任講師。同大学での講義にもとづく *The Search for Authenticity in Modern Japanese Literature* (Cambridge University Press) のほか、著訳書は『ヨーロッパ・ロマン主義を読み直す』（共著、岩波書店）、『対訳　ワーズワス詩集』（岩波書店）、『イギリス文学』（共著、放送大学教育振興会）など。『定本　漱石全集』（岩波書店）第十三巻、第二十六巻の注解・訳注。大江健三郎ノーベル賞受賞記念講演英訳（講談社インターナショナル）。東京大学名誉教授。

山内玲子 (やまのうち・れいこ)

津田塾大学卒業後、アメリカに留学。イギリスに9年間在住中、ケンブリッジ大学東洋学部で日本語専任講師。帰国後、非常勤講師を経て翻訳家。訳書にブリッグズ『妖精ディックのたたかい』、イェイツ作／フィリップ編『妖精にさらわれた男の子——アイルランドの昔話』、キングマン『とびきりすてきなクリスマス』、バーネット『秘密の花園』、ラヴェラ『ダーウィン家の人々——ケンブリッジの思い出』（以上、岩波書店）、ブリッグズ『イギリスの妖精——フォークロアと文学』（共訳、筑摩書房）、スウェイト『グッバイ・クリストファー・ロビン——『クマのプーさん』の知られざる真実』（共訳、国書刊行会）など。共著に『イギリス』（新潮社）。

Poems 1-36 are reprinted from *Collected Poems* by Anthony Thwaite, published by Enitharmon Press, 2007 © Anthony Thwaite
Poems 37-50 are reprinted from *Going Out* by Anthony Thwaite, published by Enitharmon Press, 2015 © Anthony Thwaite

Japanese translation rights © 2019 by Hisaaki Yamanouchi and Reiko Yamanouchi, published by Shohakusha Tokyo, Japan
ALL RIGHTS RESERVED.

Cover Photograph © Ann Thwaite

アントニー・スウェイト対訳詩選集

2019年7月30日　初版第1刷発行

訳　者―――山内久明／山内玲子

発行者―――森　信久
発行所―――株式会社　松柏社
　　　　　〒102-0072　東京都千代田区飯田橋1-6-1
　　　　　Tel. 03（3230）4813
　　　　　Fax. 03（3230）4857

印刷・製本――中央精版印刷株式会社
装　幀―――加藤光太郎デザイン事務所

ISBN978-4-7754-0260-3

定価はカバーに表示してあります。落丁・乱丁本は送料小社負担にてお取り替えいたしますのでご返送ください。
本書を無断でコピー・スキャン・デジタル化等の複製をすることは、著作権上の例外を除いて禁じられています。
本書を代行業者の第三者に依頼しスキャン・デジタル化することも、個人や家庭内の利用であっても著作権法上認められません。